JN246577

英語圏の現代詩を読む

語学力と思考力を鍛える12講

中尾まさみ——［著］

東京大学出版会

Reading Contemporary Poetry in English
Masami NAKAO
University of Tokyo Press, 2017
ISBN 978-4-13-083075-1

はじめに

本書は，東京大学教養学部の 1，2 年生を対象に教養科目として行った「英詩入門」の講義から「現代詩」，とくに 20 世紀後半以降に書かれた作品についての内容を選んでまとめたものである．教養科目の醍醐味は，それがほとんどの学生にとって「一期一会」になるということではないだろうか．「英詩」の授業は，将来進む専門分野が理系であろうと文系であろうと，どんな学生でも受講できる．受講の動機も「文学が好き」，「英語の勉強になりそう」から，「好きなバンドの英語の歌詞を理解したい」，「自分で英語の詩を書いてみたい」，「読んだことがないから」，そして「ちょうど時間割が空いていたから」まで，さまざまである．英語の詩を読んだ経験はほとんどないという学生も少なくないし，また学期が終わったら，もう一生詩に触れることがない学生も大勢いるだろう．

ではそこで何を学ぶことを目指すのか．専門科目であれば，その分野の知識や研究方法を体系的に習得することが要求される．もちろん，教養科目にもそういう側面はあるが，それよりここでは思考の実践演習という意味合いが優先される，と私は考えている．いままで触れたことのないテクストと出会い，知力・想像力を総動員してこれと格闘すること，教室で他の読み方に触れてこんな見方ができるのか，と目が開かれる思いをすること，さらに議論に参加して新たな読みを探ること，そして，それだけ考えても答えの出ない疑問にぶつかること，そうしたプロセス自体が，この授業の目的である．

その意味で，現代詩は格好の題材であると言えるだろう．20 世紀初頭にモダニズムという大きな革新運動を経験したことで，詩というジャンルの定義は形式においても主題においても伝統的なそれを離れて著しく拡大し，曖昧化した．またテクノロジーの進化に伴うメディアの変容を経験し，読者の定義や読者と詩人の距離や関係も否応なく変化した．イギリスによる植民地支配とそこからの独立のプロセスを経験したとてつもなく広大な地域を「英語圏」として視野に入れることで，英語で書かれた詩の出自が以前とは比べものにならないくらい多様になった．その結果，英語で書くことの意味自体が問われることになったのだ．現代の英詩の大きな特徴の一つは，それが常に詩という文学表現のあり方そのものについて問い続ける，再定義の軌跡であるということである．

加えて，現代詩の作品は発表されてからの時間が短いため，総じて批評の蓄積が少ない．自力で対峙するテクストは，かなり手強いはずだが，その分，解釈の自由度が高いと言うこともできる．上述のように多様な関心を持った学生が集まれば，実にさまざまな読み方や感想が出され，時には思いもよらぬ指摘に唸らされることもある．もちろん，文法的な間違いや無理な読みは訂正されなくてはならないが，まずは怖じることなく自由に思考することで，創造的な結果が生まれるはずだ．

そのためにも，授業には必ず予習をして臨むことになっている．原文を，辞書を引きながら自分なりに読み，気になったところ，わからなかったところをマークしておく，という作業だ．まず一人でテクストに取り組む経験を経ることで，講義やディスカッションに主体的に参加でき，またその際，自分自身の読みを冷静に相対化して，さらに分析を進めることができるようになる．

本書を読まれるみなさんにも，まずは英語の詩を自分の目で読んでみていただくことをお勧めしたいと思う．その上で，講義部分を読み進め，その後にまた，もう一度テクストを読み返していただければ，理想的だ．自分のペースでもう一度作品を咀嚼することで，きっとさらに新たな発見が生まれるだろう．各講の末尾には，より大きな問題を考える手がかりとして，「読書案内」や「ディスカッション」も用意してあるので，活用していただければ幸いである．

本書の構成

本書は，四部から成っており，そのそれぞれに三つずつの講義が含まれている．第Ⅰ部「詩の言語」では，詩とは何か，詩の言語はほかの言語と違うのか，英語で詩を読むとはどういう経験なのか，などの問いをたてる．第Ⅱ部「伝統を開く」では，現代詩がそれまでの英詩の伝統を受け継ぎながら，新たな解釈を加え，展開するさまを定型詩，劇的独白，韻律の三項目を採り上げて考える．第Ⅲ部「「私」とは誰か」では，現代詩における主要なテーマの一つである，アイデンティティや自意識の問題について考える．そして，第Ⅳ部「現代を生きる」では，地域紛争，人種，家族，脱植民地化など今日の世界を映すテーマを詩の中に見る．読者の中で英詩にあまり親しんだ経験のないみなさんには，第Ⅰ部と第Ⅱ部が英語の現代詩についての入門的な解説となり，後半でその応用としてより大きな問題に関わる詩が読めるように意図したが，前半で採り上げた詩群と後半のそれらとがテーマやモチーフで関連する場合もあり，目次をさっと眺めて興味を引かれたところから読み始める，という読み方もお勧めしたい．詩との出会いにおいて，直感は思ったより役に立つものである．

表0-1に，各講義で採り上げる作品と関連するキーワードを挙げるので，参考にされたい．採り上げた詩は，どれも読み応えのある作品であるから，詩を読む楽しみを味わえることは保証できるが，それに加え，想像力を駆使し，考えながら読むプロセス自体を楽しんでいただければ，著者としてこれに勝る喜びはない．

表 0-1　各講義における詩人・

部	講	詩人	生没年
I 詩の言語	**第 1 講　英語** 「謎」を学ぶ	ランダル・ジャレル（Randall Jarrell）	1914-1965
		エドウィン・モーガン（Edwin Morgan）	1920-2010
		ヌーラ・ニー・ゴーノル（Nuala Ní Domhnaill）	1952-
		ポール・マルドゥーン（Paul Muldoon）	1951-
	第 2 講　実験 眩惑する言葉	エドウィン・モーガン（Edwin Morgan）	1920-2010
	第 3 講　図像 二つのメディアが 織りなす迷路	スティーヴィ・スミス（Stevie Smith）	1902-1971
II 伝統を開く	**第 4 講　定型詩** 流動を湛える器	ジェイムズ・K・バクスター（James K. Baxter）	1926-1972
	第 5 講　劇的独白 剃刀とシャーベット	サイモン・アーミテージ（Simon Armitage）	1963-
	第 6 講　韻律 発音と綴りの政治学	リントン・クウェシ・ジョンソン （Linton Kwesi Johnson）	1952-
III 「私」とは誰か	**第 7 講　記憶** ある洪水の風景	ジョン・バーンサイド（John Burnside）	1955-
	第 8 講　フェミニズム 白い部屋の中で	キャロル・アン・ダフィ（Carol Ann Duffy）	1955-
	第 9 講　アイデンティティ 消える「私」／ もう一人の「私」	ポール・マルドゥーン（Paul Muldoon）	1951-
IV 現代を生きる	**第 10 講　地域紛争** 嵐の中に立つ詩人	シェイマス・ヒーニー（Seamus Heaney）	1939-2013
	第 11 講　マイノリティ 密やかな声のドラマ	ジャッキー・ケイ（Jackie Kay）	1961-
	第 12 講　ポストコロニアル 図書館と航海術	ロバート・サリヴァン（Robert Sullivan）	1967-
おわりに		ジュリー・オキャラハン（Julie O'Callaghan）	1954-

作品・キーワードなど

作品	出版年	キーワード
「翌日」（'Next Day'）	1963	習得言語，異文化，日常
「ネス湖のネッシーのうた」（'The Loch Ness Monster's Song'）	1973	音韻詩，疑似言語，ステレオタイプ
「キャビンティーリーからの眺め」（'Radharc ó Chábán tSíle'/ 'A View from Cabinteely'）	1992	翻訳，少数者言語，湾岸戦争
「クゥーフ」（'Quoof'）	1983	植民地化，性，権力
「死の瞬間」（'The Moment of Death'）	1963	具体詩，アナグラム
「木を巡る犬たち」（'Dogs Round a Tree'）	1963	具体詩，時間・空間
「『お茶辞典』より」（'from *The Dictionary of Tea*'）	1966	辞典，パロディ
「メッセージは明白」（'Message Clear'）	1968	コミュニケーション，コンピュータ言語
「水星に降り立った最初の人間」（'The First Men on Mercury'）	1973	植民地化，武器，他者，スコットランド
「手を振っていたんじゃない，溺れていたんだ」（'Not Waving but Drowning'）	1957	コミュニケーション，死，孤独
「歌い手」（'The Songster'）	1937	歌，メッセージ
「流れよ，流れよ，流れよ」（'Flow, Flow, Flow'）	1938	水，死，語り
「私を愛して！」（'Love Me!'）	1942	懇願，悪意，脅威
「暗い歓迎」（'The Dark Welcome'）	1972	共同体，マオリ，死，セスティーナ
「スグリの実のなる季節」（'Gooseberry Season'）	1992	語り手，聴衆，境界
「歴史をつくる」（'Mekin Histri'） 「ソニーの手紙」（'Sonny's Lettah'）	2002	音楽，移民，脱植民地化，暴力，権威
「洪水の中で泳ぐ」（'Swimming in the Flood'）	1995	無意識，記憶，映像，家庭
「小さな女の頭蓋骨」（'Small Female Skull'）	1993	女性，鏡，声
「司教」（'The Bishop'）	1980	土地，職業，帰属
「アイデンティティーズ」（'Identities'）	1973	身元，彷徨
「なぜブラウンリーは去ったか」（'Why Brownlee Left'）	1980	土地，共同体，資産
「アンショー」（'Anseo'）	1980	名前，実体
「犠牲者」（'Casualty'）	1979	北アイルランド紛争，詩作
『養子縁組書類』（*The Adoption Papers*）	1991	養子縁組，差別，家族，女性
「ワカ 62」（'Waka 62'） 「ワカ 65」（'Waka 65'）	1999	マオリ，植民地化，航海，図書館
「謎」（'Conundrums'）	2000	『枕草子』，口語

目　次

第Ⅳ部 ■ 現代を生きる

■第Ⅰ部

詩の言語

■第1講　英　語

「謎」を学ぶ

ヌーラ・ニー・ゴーノル「キャビンティーリーからの眺め」，
ポール・マルドゥーン「クゥーフ」ほか

英語で詩を読む

読者のみなさんは，英語で詩を読むのは難しそうだ，と思っておられないだろうか．その予想は，残念ながら，おそらく正しい．英語で詩を読むのは，確かに難しい．では，なぜ難しいのだろうか．その理由を考えてみると，二つのことに思い当たる．まず，これを読んでおられるみなさんの多く（そして私）にとって，英語は母語ではない，習得言語だから，ということが挙げられるだろう．言語の機能の一つが伝達であるとすれば，伝達すべき内容を苦労なく受け取る（つまり，わかる）ことができれば，それは難しいとは言えない．習得言語は，母語に比べて文法や語彙，慣用句や文化背景の知識が十分でないため，難しいと感じる．それを解決するためには知識を補強することが必要で，そこで何より頼りになるのが辞書類である．インターネット上の情報も，出所に留意すれば，役に立つ．

では，言語のハードルが除かれれば，問題は解決するだろうか．そこに二つ目の理由がある．詩はどんな言語で書かれていても，難解だ，と言われることが多い．確かに，情報を間違いなく，わかりやすく伝達することが目的であれば，詩は最適な伝達方法ではないだろう．例えば，災害時の緊急情報や薬品の使用上の注意，複雑な機械の取扱説明が詩で伝えられたら，深刻な混乱を招きかねない．このことは詩の言語が，そうした実用とは別の使われ方をしていることを示している．

一つ例を挙げてみよう．アメリカの詩人ランダル・ジャレル（Randall Jarrell, 1914–65）の ‘Next Day’（「翌日」）という詩の冒頭の 3 行である．

Moving from Cheer to Joy, from Joy to All,
I take a box
And add it to my wild rice, my Cornish game hens.
(ll. 1–3)

大学生なら見たことのない単語はあまりないはずだ．イギリスのコーンウォール地方の形容詞 'Cornish' くらいだろうか．'wild' と 'rice'，'game' と 'hen' は，個々にはなじみのある語だが，結びつきは意外かもしれない．しかし，丁寧に辞書を引く習慣があれば，すぐにわかるだろう．'wild rice' は北米産のマコモ，赤紫色の米のような穀類で，サラダや肉類の付け合わせとして，日常的に消費される．'game hen' は，それ自体で項目化されてはいないとしても，総称で 'game foul'，雄の 'game cock' から連想できる．雌の軍鶏（シャモ）（食用）のことである．となると，'Cornish' は鶏の種類「コーニッシュ種」であるとわかる．これらは，実物を見たことがなくとも，食材の並記なので，調べてみれば違和感はない．

しかし，1 行目を「喝采から歓喜へ，歓喜から完全へと赴く」と訳し始めれば，3 行目の「ワイルドライス」や「コーニッシュ種の軍鶏肉」とどう結びつけてよいか途方に暮れてしまうだろう．'Cheer'，'Joy'，'All' はいずれもアメリカのスーパーマーケットで売られる洗剤の商品名である．これは「チアー」から「ジョイ」へ，「ジョイ」から「オール」へと商品棚の横を進みながら 1 箱とり，ワイルドライスや軍鶏肉とともにショッピングカートに収めてレジに向かう主婦の描写なのだ．母語話者であれば，すぐにピンと来るような日常的な描写でも，習得言語で読む場合，これだけの理解に至るスピードは著しく遅くならざるを得ず，母語読者とはかなり異なった経験を強いられることになる．

では，この 3 行が伝えることは何か．ある人物の消費行動の正確な記録であろうか．どうも，そうではなさそうだ．ここでは，1 行目がまずは「喝采」や「歓喜」，「すべて」といった華やかな（大文字の）言葉の羅列に見えるところが鍵になる．それらの言葉が指示する洗剤の箱という実態とのギャップが，この詩の後半で語り手が老いの見え始めた自らの人生を振り返るところで生きてくる．

I think of all I have.

But really no one is exceptional,
No one has anything, I'm anybody
(ll. 56-58)

56行目の'I think of all I have'の'all I have'(「自分の持てるすべて」)は，All I have(自分の持った「オール」)とも読め，まるで人生で手にしたすべてが洗剤の箱にすぎないような空しさを漂わす．それが，「何かを持っている人などいない，私は何者でもない」，という絶望と諦めの混じったような心情の吐露へとつながってゆくのだ．こうしたことは，もちろん冒頭のスーパーマーケットの情景を理解して初めて感知できることであるから，その文化に慣れ親しんでいない「部外者」としての読者のハンディは，ここでも尾を引く．

しかし，習得言語で読むという行為には，別の効果もある．第一に，辞書に挙げられる語義を丹念に追ううちに，期待していなかった発見をすることがある．「知っている」単語なら，無意識に通り過ぎていたはずの語義群に目をとめ，あらためてそれらの共鳴をテクストの中に聞くということもあるはずだ．このことが，詩を読むという行為には好都合なのである．詩に触れた経験があまりなく苦労しながら読み進める者が，思いがけず新鮮な読みをすることも大いにあり得るのだ．

そしてもう一つ，読もうとする作品の中に一読して明らかに理解できない部分がある，ということにも見逃しがたい意味があるのではないか．言語が伝達のための手段であるとすれば，それは十分に目的を果たしていないことを意味するにすぎないであろう．しかし，このことは，案外言語というものに本質的なある事実を示しているようにも思える．私たちが英語の詩を読むという行為は，必ずしも母語読者の不完全な模倣ではなく，本来まったく異種の経験である．それはまさに，「わからないということ」との出会いなのである．

ネッシー語の解読

「わからないということ」との出会いという，ますます雲をつかむような話を考えるために，スコットランドの詩人，エドウィン・モーガン(Edwin Morgan, 1920-2010)の'The Loch Ness Monster's Song'(「ネス湖のネッシーのうた」）という一風変わった作品をとりあげよう．

The Loch Ness Monster's Song

Sssnnnwhuffffll?
Hnwhuffl hhnnwfl hnfl hfl?
Gdroblboblhobngbl gbl gl g g g g glbgl.
Drublhaflablhaflubhafgabhaflhafl fl fl –
gm grawwwww grf grawf awfgm graw gm.
Hovoplodok-doplodovok-plovodokot-doplodokosh?
Splgraw fok fok splgrafhatchgabrlgabrl fok splfok!
Zgra kra gka fok!
Grof grawff gahf?
Gombl mbl bl –
blm plm,
blm plm,
blm plm,
blp.

最初に断っておくが，辞書は助けてくれない．この詩は音韻詩である．音の連なりを表記したものであって，それぞれの部分に言葉としての意味があるわけではないからだ．だが，現在はインターネット上でも公開されている詩人自身の正確な朗読[1]を聴けば，疑問は一気に氷解する．スコットランドの読者と同様に，辞書も翻訳もなしに楽しめるのだ．

詩人がネッシーになりきって語りかけるこの詩は，しかし英詩と呼べるのだろうか．この詩と英語をかろうじて結びつけるものは，タイトルと擬音の表記法くらいのものであろう．では，音だけから成るテクストに，意味を付与することはできるのか．詩人自身は，「ネッシーが湖面に浮かび上がり，あたりを見回して思うところを述べ，再び湖水に姿を消す」[2]場面を想定していると述

1）例えば，Arts Council England のウェブサイトである Poetry Archive など．<http://www.poetryarchive.org/poem/loch-ness-monsters-song>

2）Edwin Morgan, *Nothing Not Giving Messages: Reflections on his Work and Life* (Edinburgh: Polygon, 1990), p. 255.

べつつも，その内容については，読者の受け取るところに任せるとしている．ネッシーが何を語りかけようとするのか，意味内容を想像しながら，もう一度朗読を聴いていただきたい．教室で朗読を聴くと，学生たちはそれぞれに驚くほど自由で具体的な自分なりのネッシーをイメージし，何らかのメッセージを聞き取ろうとするようになる．音の連なりが，言語に酷似した役割を果たすのである．音はどの時点で言語になるのか．そしてそれは，何語なのか．自らの体験を吟味することで，詩を読むことは言語をめぐる根本的な問いについて考察することへと発展する．

その一方で，語り手がネッシーであるという前提についても，もう少し考える必要がある．ここでまことしやかに記録されているネッシーの言葉は，詩人エドウィン・モーガンが英語を読む読者を対象に，怪獣の言語としてつくりあげた，いわば疑似言語である．ネッシー自身が，正体も怪しげなまま累積されたイメージの集合体であるから，モーガンは，そのネッシー像を利用して語りをつくりあげ，また逆にそのイメージづくりに貢献したとも言える．ネッシーの語りには，巧妙にスコットランド語（スコッツ語）の音韻的な特徴が採り入れられ，観光名物らしさが演出されている．つまり，ネッシーの語りは，ネッシー自身とともに「スコットランドの神秘の怪獣ネッシー」をつくりあげる私たち読者をも逆に映し出すことになり，そのことこそが，モーガンが仕掛けたユーモアのトリックでもあるのだ．そして，もちろんそれは，怪獣の語りの内容を想像するときにそれぞれの読者自身が反映されることとも呼応する．言語には，必ず送り手――ときには想定される語り手（ネッシー）と実際の語りの統括者（モーガン）――と受け手が存在する．そして，そのいずれもが語りの内容に多大な影響を及ぼし得る．そのことは，そこで使用されている言葉を言語として意識することによって初めて理解されるのである．簡単には意味内容を伝えない（「わからない」）言語が生む伝達の時間差が，このことに気づく隙を与えてくれるのだ．

相対化される言語

「何が，誰によってどの言語で書かれているか」という点に焦点を当てるのに，翻訳について考えるのは，有効な手段である．ここでアイルランドの女性詩人，ヌーラ・ニー・ゴーノル（Nuala Ní Domhnaill, 1952- ）の作品をとりあげてみよう．ニー・ゴーノルは，アイルランド語（ゲール語）の詩人であり，その作品は多くの場合，英語訳をとおして紹介される．アイルランド語は，現在は公用語の一つと定められ学校教育にも採り入れられているので，以前より話者が増加してはいるが，それでも多くの地域で日常的に使用される言語は，圧倒的に英語である[3)]．またアイルランドの詩人が作品を出版する場合，必ずイギリスやアメリカのより大きな市場を視野に入れることになる．となれば，ニー・ゴーノルのようなアイルランド語詩人が作品をより多くの読者に発表しようとするとき，英語訳はほぼ不可避の経路と言わざるを得ない．彼女はこのことを逆手にとった．アイルランド語のオリジナルとアイルランドの英語詩人たちによる訳とを並べた対訳形式で作品を出版したのである．この形式は，原文とその訳という枠組みを超え，複数の詩人たちによるコラボレーションになり，アイルランド現代詩壇の生んだ，きわめて創造的な成果の一つとして記憶されることになった．さらに，ニー・ゴーノルのアイルランド語のテクスト自体が，英語訳と並置されることにより，より多くの読者の目に触れることにもなったのである．

ここで読むテクストは，ニー・ゴーノルの原詩 'Radharc ó Chábán tSíle'（原詩のテクスト全文は，巻末の「作品ピックアップ」を参照）と北アイルランド出身の英語詩人ポール・マルドゥーン（Paul Muldoon, 1951- ）による英訳 'A View from Cabinteely'（「キャビンティーリーからの眺め」）の並ぶ対訳版である．アイルランド音楽は日本でも人気があるから，アイルランド語が発音されるのを耳にしたことがある方も多いだろう．しかし，詩の読解となると，私たちのほとんどは英語訳のみに頼ることになり，ニー・ゴーノルの詩は，いったん後退して，そこにありながら手の届かぬ原テクストとなる．これらの詩を読む読者には，大きく分けて三種類ある，と考えてよいだろう．第一に，ニー・ゴーノルのアイルランド語のみを読む読者，第二にアイルランド語と英語の両者を理解

3）2011年の国勢調査によれば，3歳以上のアイルランド人で，アイルランド語を話せると答えた割合は41.4%であったが，毎日話している（教育，日常生活を問わず）と答えたのはわずか0.8%にすぎなかった．<http://www.cso.ie/en/census/census2011reports/census2011thisisirelandpart1/>

し，左右のページを比較対照できる読者，そして英語の訳詩のみを読む読者．そして，ニー・ゴーノル自身，この第三のグループが彼女の詩の読者の大多数を占めることを，最初から想定しているのである．文学作品は，あくまでもそれが書かれている言語を自分たちのものと認識する読者のためのものであり，翻訳をとおして読む読者は，（部外者として）その外側に副次的に存在していると考えられることも多い．しかし，この対訳においては，英語を読むこと——手が届かなくとも，そこにあるアイルランド語のテクストを意識しつつ英語のテクストに向かうこと——が最初から読み方の一つとして期待されているのだ．

のどかな郊外の風景は，表題からダブリン郊外の町，キャビンティーリーのものである，と知らされる．ちょうど映画のカメラがまわるように，ごくありふれた午後が映し出される．

A swivel-wing of light. The suburban drone
kicking in after one more hopeless day.
Kids home from school. Grown-ups from the job.
Doors and windows flashing. Grimaces. Grins.
(ll. 1-4)

1行目の‘swivel-wing’（「回転翼」）は，おそらく時間の経過に連れて角度を変える陽光を形容する比喩であろう．‘hopeless day’（「希望のない一日」）という表現は目を引くが，‘The suburban drone/ kicking in’（「郊外の低い物音の始動」）が，子供や働き手の帰宅によってもたらされた日常的な活気であるとすれば，それまでのあまりに静かな日中の退屈な時間の流れを示唆している，とひとまずは読める．‘one more’で強調される同じような日々の繰り返しも，この読み方を支持するであろう．ドアや窓の放つ光は開閉によるガラスの反射であり，それまで動きのなかった住宅に人や空気の流れが生じ，外と内の世界がつながったことが感じられる．‘Grimaces’（「しかめ面」）や‘Grins’（「にやにや笑い」）は，家々で交わされる，外から帰ってきた家族との挨拶やお喋りだ．

第二，三連で展開する光景も，夕食の準備が始まる一方，日が暮れるまで自転車や球技に興ずる子供たちを描くものである．

A car backfires in the next avenue.
The bicycle-brigade in headlong, straggling retreat.
Smoke rising from chimneys. Those shades
behind lace shades, cooking up a storm.

In back-yards footballs score direct hits
between pines. A collie and an English setter
dispute a bit of green. The thunk of a hurley-ball.
Two magpies on the roof, giving it their all.
(ll. 5-12)

'backfire' は，車のエンジンがパンと音を立てること，自転車の一団は，'headlong, straggling retreat'（「一目散に逃げ出し散ってゆく」）とあるから，何か悪戯でもしたところであろうか．3行目の 'shades' は人影，4行目の 'lace shades' は，レースの日除けであり，'cooking up a storm' は，'cook up' が「手早く料理をする」こと，これと組み合わされる 'a storm' には「大量」という意味であるから，夕方，帰ってきた家族のために急いでたっぷりと夕食を用意している人影が日除け越しに見えるということであろう．一方，裏の野原でサッカーに興じる子供たちは，正式なグラウンドではないから，ちょうど2本並んだ松の木を利用してゴールに仕立て上げている．'a hurley-ball' とあるから，アイルランドの伝統スポーツ，ハーリングを楽しんでいる人たちもいるようだ．ごく日常的な住宅地の夕景と言ってよいだろう．

最終連でカメラはズームアップし，一軒の家のテレビを囲んだ団らんに焦点を合わせる．

The picture-windows now have a blue glow
where families huddle round their TV screens
for news of the missiles and smart bombs
falling on to the suburbs of Baghdad, Tel Aviv, Dhahran.
(ll. 13-16)

'Baghdad, Tel Aviv, Dhahran' の地名からも明らかなように，テレビ画面に映っているのは，ちょうどこの詩が書かれた時期，1990-91年に起こった湾岸戦争の現在進行形のニュース映像である．ここで私たちは少し意外に感じるかもしれない．おそらくそれは，詩の内容が突然同時代の世界情勢と直接結びついたことに起因している．アメリカ経由で日本に輸入された「ケルト」の文化イメージは，豊かな自然に抱かれて伝統的な暮らしを守る，少しノスタルジックな理想郷である[4)]．アイルランド語の詩が扱う素材も，そうした閉じられた世界の風物であろう，というのが私たちが知らず知らずのうちに抱いている先入観である．

スコットランドのゲール語[5)]詩人イアン・クライトン・スミス（Iain Crichton Smith, 1928-98）は，自分の読者層の一つとして，ゲール語圏出身の都市居住者を挙げている．彼らは，「中世の人々が聖遺物を抱いたように心の中の幼少期の島を，倫理的に曇りなく，永遠に美しく欠けるところなき楽園と思い描」き，ゲール語の詩も決して前衛的ではなく，そのノスタルジアに応えるものであって欲しいと願っていることを述べている[6)]．アイルランドの場合，ノスタルジアを感じるのが（アイルランド語話者であるかどうかを問わず）世界中に存在するアイルランド系移民の血を引く人々であり，彼らの抱くイメージを拡大再生産する私たちである，という言い方ができるかもしれない．アイルランドと直接の地縁，血縁がない者にもその範囲が及ぶことに不思議はない．ノスタルジアは，しばしば現在の自分が失ってしまったと感じられるもの，あるいは自分を取り巻く環境の欠点と思われるものを反転させる形で表れるからだ．肥大化した競争社会や現代都市の殺伐とした空気に嫌気がさしている人々は，誰でも想像の中のアイルランドの田園に疑似ノスタルジアを感じる可能性がある．

しかし，もしアイルランド語で書かれたという事実が，こうした予断を招くとすれば，詩の内容は言語によって限定されることになってしまう．しかも，私たちはここまで英語しか読んでいないのに，アイルランド語のテクストを英

4）テレビ番組やコマーシャルで，ケルト音楽がどのような映像とともに流れているかを思い起こせば，一目瞭然であろう．

5）スコットランドのゲール語話者は 2011 年の国勢調査によれば人口の 1.1% <http://www.scotlandscensus.gov.uk/news/gaelic-analytical-report-part-1> で，ハイランド地方や島嶼部に多い．スミスは，ルイス島のゲール語圏の出身．

6）'The Double Man' in R. P. Draper, ed., *The Literature of Region and Nation*（London: Macmillan, 1989）, p.137.

語越しに遠くから見やることで，勝手な思い入れを重ねているようなのだ．そのことは，とりもなおさず，一見のどかな郊外の日常と映る遠景からズームアップして，非日常的な戦闘場面に帰着するこの詩の構造と呼応する．この詩は英語読者の存在を前提としているのみならず，彼らが抱く先入観も先取りしているのである．

このことを念頭に，もう一度テクストを丁寧に読み返してみよう．最終行に，1行目の 'suburban' を思い起こさせる 'suburbs' という語があることに気づけば，平和な郊外の日常は，中東の各都市にもあったかもしれないし，またその逆で，日常とはかけ離れたかに見える戦争の場面も，アイルランドの風景からそう遠くはないところに潜んでいるかもしれないことに思い至る．そうしてみると，この詩には驚くほど戦争や武力攻撃にまつわる縁語が散りばめられている．第一連の 'swivel-wing'（「回転翼」）には，回転砲の意味もあるし，'flashing' は爆撃の閃光，'drone' は近づく戦闘機のエンジン音を連想させるほか，慣用的に無人爆撃機を指す語でもある．となれば，'Grown-ups'，'Grimaces'，'Grins'（下線引用者）の gr 音の頭韻も，姿は見えないが低く空気を震わせる，その響きではないか．遠景では気づかれないほどのかすかな兆候のみが示され，映像がズームアップして核心に近づくにつれ，さまざまなヒントが与えられる．

第二連の 'backfire' は，旧ソ連の爆撃機の名であり，それを知ればエンジンの「パン」という破裂音も銃声を連想させる．悪戯をして一目散に逃げる少年たちの一群の自転車は 'brigade'（「軍団」）であり，'retreat'（「撤退」）も軍事用語である．そして，立ち上る煙．夕飯の準備に使われた 'cook up a storm' という表現も，湾岸戦争との関連で言えばアメリカ軍の攻撃作戦の一つ，'Operation Desert Storm' を連想させるし，第三連で，ゴールにボールが命中する視覚的（'direct hits'）および聴覚的（'thunk'）描写も，狙いを定めた爆弾の投下を思わせる．一見平和なアイルランドと戦火に曝される中東の二つの「郊外」を重ねることで，両者の潜在的な互換性が示唆されているのである．

さらに第三連には，別の政治的な含みが隠されている．牧羊犬コリーと猟犬イングリッシュ・セッター[7] の 'green'（アイルランドを象徴する「緑」）をめぐる

7）放牧は，伝統的にアイルランドの主要産業であり，狩猟は領主としてこの国を支配してきたイングランドの貴族の娯楽である．

争いは，アイルランドとイングランドの長い確執への言及と読める．だとすれば，イングランド発祥のサッカーとアイルランドの伝統競技であるハーリングの双方が描かれていることも偶然ではないだろう．キャビンティーリーは独立戦争や内戦の舞台となった歴史をもち，植民地支配と独立への過酷な戦いの過去は，この地に固有の記憶でもあるのだ．その文脈の中で，アイルランド語，英語がそれぞれに担ってきた運命，占めてきた位置を考えれば，この詩において言語が単なる伝達手段をはるかに超えた意味をもっていることに気づく．

あらためて，「わからない」アイルランド語の原テクストを見てみよう．郊外ののどかな風景と，その奥に人知れずうごめく不穏な争乱の兆候，その二重性はアイルランド語ではどのように表現されているのだろうか．残念ながら，私たちにそれを辿ることはできない．かろうじて最終行に 'Baghdad'，'Tel Aviv'，'Dhathran' の地名が見えるのみである．しかし，これまで行ってきた考察を通して，前述の仕掛けが英語の語彙や表現と密接に結びついていたことを意識した私たちは，そこに翻訳という別の言語活動が介在していることを知っている．gr 音の頭韻は，アイルランド語のテクストには見あたらないし，例えば 'cook up a storm' の表現の二重性は，原詩ではどのような表現になっているのか．原語と翻訳が一対一の関係にないことは，すでに明らかである．英語の詩は，ニー・ゴーノルの詩であると同時に，訳者ポール・マルドゥーンの詩でもある．英語の隣に並置されるアイルランド語の原テクストは，アイルランド語読者のためだけではない．「わからないということ」を突きつけることにより，アイルランド語をめぐるさまざまなことがらを私たちに雄弁に伝えているのである．

「わからないということ」の価値

最後に，この詩を訳したポール・マルドゥーン自身の作品，'Quoof'（「クゥーフ」）を読み，詩の言語についてさらに考えてみたい．タイトルは辞書に載っていない，「わからない」単語だが，詩は英語で書かれている（ちょうど，タイトルだけが英語と認識できる 'The Loch Ness Monster's Song' とは逆ということになる）．

How often have I carried our family word

for the hot water bottle
to a strange bed,
as my father would juggle a red-hot half-brick
in an old sock
to his childhood settle.
I have taken it into so many lovely heads
or laid it between us like a sword.

(ll. 1-8)

謎の言葉「クゥーフ」は，'our family word/for hot water bottle'（「湯たんぽという意味のうちの家族の言葉」）である，と詩人自身とおぼしき一人称の語り手は，詩の冒頭で明かしている．子供時代を思い出せば，多くの人がこうしたよそで通じない言葉の一つや二つに思い当たるのではないだろうか．語り手は，「クゥーフ」という語を湯たんぽそのもののように持ち運びできる物体として家の外に持ち出す．家族語は，その構成メンバーの間では言語としての機能を果たすが，いったん外に出てしまえば単なるひと連なりの音にすぎない．英語で定義づけを行うことにより英語世界に取り込まれる，と言うこともできそうだが，「クゥーフ」の場合，英語との関係は専ら語り手である詩人に依存していることに注意しなくてはならない．すなわち，この語はまだ英語の外縁に存在し，詩人のみがその特権的な使い手なのだ．

もちろん家の中で「クゥーフ」は，父親から伝承され，共有された語であることが示されている．しかし，父親にとってこの語が指すのは「熱した煉瓦を古くなった靴下に入れたもの」（'a red-hot half-brick/ in an old sock'）であり，定義にある「熱湯を入れた瓶」（'the hot water bottle'）とは異なる．「クゥーフ」という語は冬の冷たいベッド（父の場合は，それも 'settle'「長椅子」という代用品）を温める機能をもったものという大まかな定義以外，具体的なイメージとしては固定していないことがわかる[8]．それは，言語の未分化な姿なのだ．'Quoof' という語の響きが幼児の擬音語のように聞こえることも，このことと無縁では

8）それどころかマルドゥーンは，ほかのところで，「自分はこの語を父から伝えられたと思っていたが，父は子供たちから聞いたと言っている」と述べ，この語の出自自体を曖昧にしている．Paul Muldoon, *PBS Bulletin* 118（Autumn 1983），[p. 1].

ない．語り手は，それを「よそのベッド」（'a strange bed'）に何度となく持ち込み，知り合った「たくさんの女の子たちの頭の中に」（'into so many lovely heads'）置いたり，「彼女たちとの間に剣のように横たえたり」（'laid it between us like a sword'）する．自らによる定義づけで成形したこの言語未満の語を，外の世界で試しているかのようだ．その舞台に異性と共にするベッドという性的な場を選んだことは，言語が本質的に他者どうしの関係性の構築に関わっていることを指し示している．

そこには，二つの相反する機能があるようだ．一つは，人間どうしを結びつけること．一つの語をとおして話し手と聞き手が共通の認識を確認すれば，結束は固くなる．女たちと語り手は，「クゥーフ」という特別な語を自分たちの間で通用する符牒のように秘めやかに共有することで，結びつきを強めるであろう．もう一つは，逆に人間と人間とを切り離すこと．トリスタンとイズーの間に横たえられた宿命の剣のように，一つの語がきっかけとなって，二人の人間が永遠に交わり合えない他者どうしであることが露呈する場合もある．言語一般に関わるこのことを，マルドゥーンは自分以外に属さない言葉を用いることで，先鋭化した形で表現しているのだ．

第二連で，詩は舞台を詩人の生まれ故郷の北アイルランドから，米国の大都市ニューヨークに移し，描写もやや緊迫感を伴ったものに変わる．

An hotel room in New York City
with a girl who spoke hardly any English,
my hand on her breast
like the smouldering one-off spoor of the yeti
or some other shy beast
that has yet to enter the language.
(ll. 9–14)

再び男女の親密な空間にあって少女の胸の上に置かれ，'smouldering'（「くすぶる」）熱をもった手は，「クゥーフ」の変奏だろうか．その跡は，'the yeti'（「雪男」）か 'some other shy beast/ that has yet to enter the language'（「人目につくことを避け，まだそれを指す言葉がない獣」）の足跡に喩えられている．「雪男」は，名前だけはつけられているが，実体が未確認の生き物であり，「獣」の方は，その名さえも言語化されていないが，気配だけはある．言語と非言語の境界線上にある「クゥーフ」を思わせる表現である．しかし，ここで英語世界の外縁に立っているのは，'who spoke hardly any English'（「ほとんど英語を話さない」）と形容される少女の方である．彼女にとっては，それが英語であっても，同じく謎の生物にすぎなかったはずだ．

それでも，いったん置かれた手は焼き印のような痕跡を残す．この暴力的とも言える行為は，とりもなおさず言語による力の行使を示している．第一連で示唆された心地よい温かみは，ここで火傷を負わせる危険な熱になるのだ．言語化することは，対象をその言語の網の中に取り込む行為である．謎の生物は，足跡によって定義され，言語化される．その足跡を刻印される少女もまた，そのことによって言語の登録の対象となる．言語が植民地化の道具として果たしてきた役割は，ここであらためて指摘するまでもあるまい（少女が言語もおぼつかぬまま英語圏の大都市に吸い寄せられてきたことの背後にある経済的植民地化（ネオコロニアリズム）も，もちろんこの中に含まれる）．同じく第一連から持ち越された性的な含みもまた，ここで一転，しばしば土地を女性に喩える言葉遣いで表現されてきた，植民地支配における征服の欲望を示唆することになる．

ここで，マルドゥーンが「英語」を持ち出すことの意味はそこにある．彼にとって詩の言語は，「クゥーフ」のように既成の言語世界の外縁につかみどころなく位置することで，その支配を免れようとするものであろう．と同時に，英語で詩を書く以上，自らが強者の言語の暴力性を行使する可能性からは逃れられないことも明らかである．アイルランド語の詩を英訳し，多くの読者が専らこれを通して原詩をわかったような幻想に陥ることの意味と危うさを，マルドゥーンは明確に意識している．習得言語というフィルターをとおして詩を読む私たちもまた，言語自体のもつそうした多義性を考える機会を与えられていると言ってよい．「わからないということ」から学ぶところは多いのだ．

［詩人紹介］

ランダル・ジャレル（Randall Jarrell, 1914–65）

米国テネシー州ナッシュヴィル生まれ．批評家としても知られる．第二次世界大戦中に，従軍の経験をもとに出版した詩集 *Little Friend, Little Friend*（1945），*Losses*（1948），戦後アメリカ社会の日常に見え隠れする閉塞感を描く *The Woman at the Washington Zoo: Poems & Translations*（1960）などで知られる．没後，*The Complete Poems*（1969）が出版されている．ほかに現代詩論 *Poetry and the Age*（1953）や小説もある．

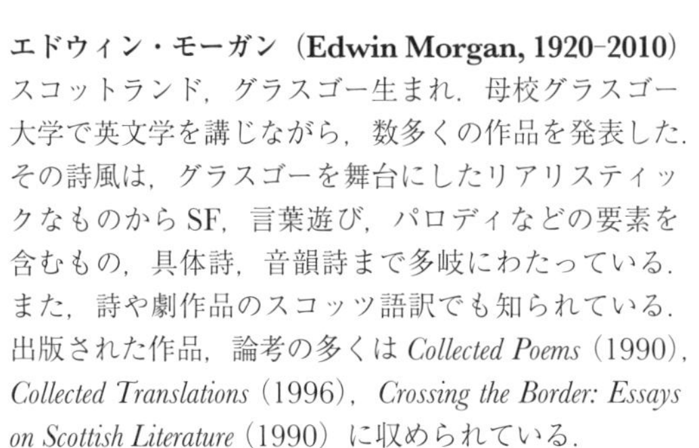

エドウィン・モーガン（Edwin Morgan, 1920–2010）

スコットランド，グラスゴー生まれ．母校グラスゴー大学で英文学を講じながら，数多くの作品を発表した．その詩風は，グラスゴーを舞台にしたリアリスティックなものからSF，言葉遊び，パロディなどの要素を含むもの，具体詩，音韻詩まで多岐にわたっている．また，詩や劇作品のスコッツ語訳でも知られている．出版された作品，論考の多くは *Collected Poems*（1990），*Collected Translations*（1996），*Crossing the Border: Essays on Scottish Literature*（1990）に収められている．

ヌーラ・ニー・ゴーノル（Nuala Ní Domhnaill, 1952–）

アイルランド（ゲール）語詩人．英国ランカシャーのアイルランド人医師の家庭に生まれ，5歳からアイルランド，ケリー州のアイルランド語使用地域に住むおばの家で育った．ユニヴァーシティ・カレッジ・コークで英文学とアイルランド文学を学ぶ．作品はしばしば，アイルランド神話，伝説などに取材しながら，言語文化とその植民地化の主題をジェンダーの問題と絡めて書く．自身および多くのアイルランド詩人による英訳を原詩に並置した対訳詩集を出版している．詩集に，*Pharaoh's Daughter*（1990），*The Astrakhan Cloak*（1992），*The Water Horse*（1999），*The Fifty Minute Mermaid*（2007）．

ポール・マルドゥーン Paul Muldoon（1951-）

北アイルランド，アーマー州のカトリック家庭に生まれる．父は農業を営み，母は教師．ベルファストのクイーンズ大学在学中にシェイマス・ヒーニーに見出されて「ベルファスト・グループ」に加わり，「北アイルランド文芸復興」の詩人の一人と数えられる．言葉遊びや大衆文化への接近，間テクスト性などを特徴とする軽やかで変幻自在な文体を用いて，アイルランドに固有の政治・歴史の問題から世界的な暴力の諸相までを題材とする．1986年にアメリカに移住，翌年からプリンストン大学で教鞭をとった．1999～2004年には，オクスフォード大学詩学教授も務めた．*Quoof*（1983），*Meeting the British*（1987），*Hay*（1998），*Maggot*（2010）など多数の詩集と，演劇，翻訳，評論などを出版している．

[作品が収められた詩集]

Jarrell, Randall. *The Complete Poems*. New York: Farrar, Straus, and Giroux, 1969.

Morgan, Edwin. *Collected Poems*. Manchester: Carcanet, 1990.

Ní Dhomhnaill, Nuala. Paul Muldoon, trans. *The Astrakhan Cloak*. Dublin: Gallery Books, 1992.

Muldoon, Paul. *Quoof*. London: Faber, 1983.

[読書案内]

Cronin, Michael. *Translating Ireland: Translation, Languages, Cultures*. Cork: Cork UP, 1996.

ヌーラ・ニゴーノル『ヌーラ・ニゴーノル詩集』（新・世界現代詩文庫 11），池田寛子訳，土曜美術社，2010.

ヌーラ・ニー・ゴーノル『ファラオの娘――ヌーラ・ニー・ゴーノル詩集』大野光子訳編（朗読CD付），思潮社，2001.

栩木伸明『アイルランド現代詩は語る――オルタナティヴとしての声』思潮社，2001.

[ディスカッション]

10頁で，スコットランドのゲール語詩人イアン・クライトン・スミスが，ゲール語で詩を書くと期待される内容がある，と言っていることを紹介しました．英語にも同様に，英語で書くことで期待される内容というものはあるでしょうか．もしあるとすれば，それはどのようなもので，どういう理由でそのような期待が生まれるのでしょうか．逆に，もしないとすれば，ゲール語との違いは何だと思いますか．

■第2講　実　験

眩惑する言葉

エドウィン・モーガン「死の瞬間」「水星に降り立った最初の人間」ほか

スコットランドの三つの言語

詩と，その言語のありようを考えるのに，第1講ではアイルランド語と英語の関係をとりあげた．イギリスはかつて世界中に植民地を有する帝国であったため，先住民の言語と英語が複雑に絡み合いながら共存する地域は枚挙にいとまがない．その一つ，そしてきわめて興味深い例が，スコットランドである．

スコットランドは，大ブリテン島の北の部分を占め，現在では日本でいうイギリス，正式名称ではグレートブリテン及び北アイルランド連合王国の一部であるが，もともとはピクト人と呼ばれる人々の住む地で，やがてアイルランドからやってきたケルト系のスコット人とともに独自の言語や文化をもつスコットランド王国を形成していた．1707年には，より強大な力をもつ南のイングランドに併合されたが，スコットランドの人々が，現在も自分たちの文化の固有性に強い意識をもっていることはよく知られている．1999年には約290年ぶりに独自の議会を再開し，2014年の住民投票で否決はされたが，イギリスからの独立が繰り返し話題になっていることは，ご存知の方も多いだろう．

スコットランドには，三つの言語がある．その一つ目は，前講で詩人イアン・クライトン・スミスの言葉をとおして紹介した，ゲール語である．ゲール語は，英語と同じインド・ヨーロッパ語族の中でケルト語派と分類される言語で，英語とはまったく違う響きをもっている．アイルランドやウェールズなど他の地域でも使われているが，それぞれ少しずつ異なるため，スコットランドで使われているものは，スコットランド・ゲール語と呼ばれている．この言語は，主に北西部とヘブリディーズ諸島で使われていて，2011年の国勢調査によれば約6万人の話者が存在するが，ゲール語だけで日常生活を送る人はいないとされる．

二つ目はスコッツ語である．これは南部のロウランド地方を中心にスコットランド全域で話される言語であるが，しばしば英語の方言，訛りであると認識されている．スコッツ語とイングリッシュつまり現在の英語は，古英語と呼ばれる一つの言語がブリテン島の北部と南東部という別々の地域で話されていたために，違う形態に発達したものである．であるなら，英語も一方言であるという言い方もできそうだが，政治や文化の中心がイングランドの都市部に集中する現在，英語はイギリス全体の公式の言語となった．力をもつ多数者の言語が「標準語」となったとき，それと似た少数者言語は「訛り」と呼ばれ，サブカテゴリーに位置づけられてしまうことになるのだ．

また，英語が権力の中心につながる言語になれば，おのずと社会的な上昇を目指す人々は英語を使う方が有利と考え始めることになる．その結果，スコッツ語の使い手は労働者階級を中心とすることになり，そのことがまた逆にスコッツ語の社会的地位を限定してきた．しかし，この言語にはスコットランド人の素顔の話し言葉の感覚があり，現在では，普段は英語を話す，あるいは散文は英語で書く若い詩人も，詩はスコッツ語で書くなど，詩の言語の一つとして定着している．

そして，最後が英語である．三つの言語の中で，英語がスコットランドで現在最も多くの人により話され，書かれていることは疑いない．それを母語として育ったスコットランド人も多いため，固有の言語であるゲール語やスコッツ語を圧迫する外来言語であるから使うべきでない，という原理主義的な議論には，あまり現実味がないだろう．実際，多くの優れたスコットランド詩が英語で書かれている．しかし，同じ英語で書くにしても，三つの言語が存在する場で使う英語と，英語で書くことに疑問を差し挟む余地のない場で使うそれとでは，おのずと意味が違うのではないだろうか．このことを考えるために，前講で読んだ 'The Loch Ness Monster's Song' の作者であるエドウィン・モーガンの作品をもう少し読んでみたい．

エドウィン・モーガン（Edwin Morgan, 1920-2010）は，グラスゴー出身で，グラスゴー大学で英文学を教える傍ら旺盛に創作活動を行った．作風はバラエティに富んでいるが，大まかに言って，地元グラスゴーを舞台にし，詩人の個人的な生活に近い詩群と，さまざまな仕掛けを駆使して生の自分の声を表に出さない，実験的な詩群に分けることができる．ここでは後者の詩を読むが，世界中のどこで書かれてもおかしくないように見える，そうした詩の中にも，何らかの形でスコットランドという地域の文化のありようが関係しているのではないか，ということにも注目していきたい．

空白の意味

では，まず ‘The Moment of Death’（「死の瞬間」）という詩（次ページ）を読んでみよう．この詩の中に使われている単語はたった二つ，‘unite’（結ぶ）と ‘untie’（ほどく）である．この二つの単語は，反対の意味をもっているが，面白いことにアナグラム――同じ文字群の並べ替え――になっている．

1 行目から 8 行目までは，‘unite’ という言葉が左右に少しずつずれながら繰り返され，9 行目で間が少し開いた ‘untie’ が出てくる．きゅっと結ばれていた ‘unite’ が，ここで少しほどけた ‘untie’ に変わる．そこからの 3 行ではまた ‘unite’ が繰り返されるが，またほどけた ‘untie’ が現れる．それをあわてて防ぐかのように ‘unite’ が戻るが，1 回でまた ‘untie’ になってしまう．このあたりから ‘unite’ と ‘untie’ のせめぎ合いは ‘untie’ が優勢になってゆき，ほどけ具合も増していく．人間は，一人の個人として精神，肉体が統括（‘unite’）された状態で自分を認識している．その状態が死を目前にしてだんだんほどけてゆく，部分としては同じものを備えているのにだんだん自分という全体像が保てなくなってゆく過程を，この二つだけの単語の羅列が表現しているのだ．

それでも何とか元の自分を取り戻そうと ‘unite’ は呪文のように繰り返されるが，‘untie’ の頻度と埋められない空白の部分は増すばかりで，36 行目からは，‘unite’ は ‘unit’，‘uni’，と 1 字ずつ文字を減らし，再び完全な形で現れることはもはやない．‘unit’ はそれでも「単位」や「単一体」という意味だし，‘uni’ はラテン語の 1 で ‘unite’ の語幹でもあるから，かろうじて ‘unite’ と同じ方向性は保っているが，もう 1 字減った ‘un’ は，kind に対する unkind のように否定の接頭辞であるから，‘unite’ の一部とはいえ，むしろ非存在，自分でなくなることをさえ思わせる．意味をもたないうめき声のような ‘u’ を最後に ‘unite’ は消え，取り返しがつかないくらいばらばらになった ‘untie’ で詩は終わる．

The Moment of Death

unite
unite
unite
unite
unite
unite
unite
unite
un tie
unite
unite
unite
un tie
unite
un tie
unite
unite
un tie
un tie
un tie
un tie
unite
un tie
un tie
un tie
unite
unite
un tie
un tie
unite
un tie
unite
unite
unite
un tie
unit
u n ti e
uni
u n t ie
un
u n t ie
u
u n t i e

死を目前にした人間が壮絶な抵抗を以て自分自身というものを保とうとする，その緊迫した瞬間がたった2語で表現できるのは，空間が実に効果的に使われているからにほかならない．この詩では字のない空白の部分にも意味があるのだ．詩は書かれた内容であるとか音の響きであると捉えれば，空白は意味のないものになるはずだ．こうした，印刷されたときの活字の配列や彩色などの視覚的効果に注目する詩は「具体詩」（'concrete poetry'）と呼ばれ，1950-60年代に国際的な運動となった．日本でも，新国誠一，北園克衛，草野心平などの詩人が知られている．関心のある方は，日本語でどのような表現が試みられたか，調べてみてはいかがであろうか．

音の視覚化，時間の空間化

この可愛い詩，'Dogs Round a Tree'（「木を巡る犬たち」）もまた，「具体詩」の一例である．犬の鳴き声 'bowwow' が，二つつながって前が見えなかったり後ろが見えなかったり．木の周りをかわいい吠え声を上げながらぐるぐる追いかけっこしてまわる2匹の犬の頭だけ見えたり，尻尾だけ見えたりする様子が想像できる．

Dogs Round a Tree

ow!
wow!
bowwow!
!bowwow
w!bowwo
ow!boww
wow!bow
wwow!bo
owwow!b
bowwow!
wow!
ow!

この詩が面白いのは，犬自身ではなくてその鳴き声，音を視覚化しようとしていること，そして，ぐるぐるまわる時間の経過を空間に置き換えようとしていることだ．具体詩は，印刷されたテクストの視覚的な要素，空間的要素を徹底的に前景化することで，逆に本来ページに定着できないはずの聴覚的要素や時間的要素まで表現するのである．

辞典を遊ぶ

'from *The Dictionary of Tea*' という詩のタイトルは，'from' だけが立体字で，残りがイタリック体である．イタリック体は本のタイトルを示す文字であるから，*The Dictionary of Tea* は『お茶辞典』という書物を指し，'from' を含めて，この詩のタイトルは，「『お茶辞典』より」，つまりそうした辞典からの抜粋ということになる．'tea' のつく言葉を網羅的に集めて説明した書物がこの詩の外にあり，そのごく一部をここに引用している，というわけだ．しかし，私たちは実際にその本を見たことはない．そう，『お茶辞典』は，前講に登場した，噂だけで成り立っている正体不明の怪獣ネッシーとどこか似た，言葉の集積体なのだ．

辞書の全体だけではない．並べられた項目は，よく読むと怪しげで，しかもどれも 'tea' とついているが，お茶そのものは一つも含まれていない．例えば，

> *teafish*: bred by the Japanese in special fish-farms, where it feeds on
> tannin-impregnatd potato extract, this famous fish is the source
> of our 'instant fish teas', tasting equally of fish, chips, and tea.

揚げたての魚とじゃがいものフライを新聞紙に包んで酢をかけて食べるフィッシュ・アンド・チップスは，紅茶とともに，代表的なイギリスの庶民の味だ．その両方が一度に味わえる（'tasting equally of fish, chips, and tea'）インスタント食品 'instant fish teas'（「即席魚スープ」）は，実在の beef tea（牛肉を煮てとったスープ）と同じくお茶ではない．イギリス人の懐かしい故郷の味は，実は何でも器用に工業化する日本の養殖場で生産されている，といういかにもありそうな話．こうしたジョークは，ルイス・キャロル（Lewis Carroll, 1832-98）の『不思議の国のアリス』に出てくる 'Mock Turtle'[1] などを念頭に置いているのであ

ろう．さらに，

tea cat: species of giant toad found in South India; it is not a cat, and has no connection with tea.

に至っては，名前とは裏腹に tea でも cat でもない，と定義の中で自ら断っており，ではいったいなぜそのような名なのか，と首をひねらざるを得ないし，

brown bolus tea: an old-fashioned medicine, of which the true recipe has been lost.

もまた，製法が失われ，効能の記述もない幻の薬である．しかし，この実体の不在こそが，この詩の本質に関わっている．ネッシーも『お茶辞典』も，そしてそれぞれのエントリーも，その実体は誰も見たことがない，言葉によってのみ構築されたいわば「眉唾物」である．言葉とはそんなに信用できるものなのだろうか，と詩人が目配せをしているようだ．とは言え，これらの「眉唾物」は，なかなか魅力的でもある．

tea cloud: a high calm soft warm light gold cloud, sometimes seen at sunset.

は，そのまま詩の中に現れる表現のようだし，

tea stays: so called, in Edwardian times, because they added elegance to the gestures of a hostess pouring tea.

は，エドワード朝（1901-10）と時代を限定した辞書らしい衒学的な説明を以て，

1）mock turtle soup（「亀もどきスープ」）は，亀のスープを牛肉で代用したもの．しかし，*Alice's Adventures in Wonderland* では，Mock Turtle「亀もどき」という奇妙な動物が出てくる．

いかにもその時代のお上品さを歓迎する雰囲気を表す言い回しを装い，にやりとさせる．言語のもつ危うさとそれゆえの抗い難い魅力がここには表現されているのだ（テクストの全文は，巻末の「作品ピックアップ」を参照）．

裏切る言語

こうして言葉遊びの詩を書き，どれだけ言語を豊かに使えるか，いわば言語の可能性を実験してゆく一方で，モーガンは逆にその不可能性も示している．'Message Clear'（「メッセージは明白」）は，初期の大型コンピュータのパンチカード（図2-1）を模した視覚詩だ．この詩は1968年出版の詩集に含まれ，「コンピュータが文章を書いたらどうなるか」，という当時流行した議論をテーマとした作品の一つである．怪獣の次は，機械に喋らせてみる，というわけだ．

構造は，きわめて単純である．最終行の 'i am the resurrection and the life' が唯一完成された文章で，残りの行ではすべてこの文のどこかが欠け落ちている．コンピュータがメッセージを伝えようとして，なかなか上手くいかず，試行錯誤を繰り返して最後に完成する，という想定らしい．伝えられるメッセージ「わたしは復活であり，命である」は新約聖書の中のイエス・キリストの言葉（「ヨハネによる福音書」11章25節，新共同訳）で，英語圏の読者にはよく知られた一節である．

この詩で面白いのは，部分的に欠け落ちてはいるが，残されている文字は，英語の単語を構成しているということであろう．たった7語のセンテンスから，文字の順番も変えずによくこれだけの言葉を取り出せたものだと感心してしまう．しかし，よく見ると中には少し妙なところもある．34-35行目には，'i am thoth/i am ra'（「私はトトだ／私はラーだ」）とある．トトもラーもエジプト神話の神々で，トトは朱鷺の頭をもった知識・学芸を司る神，ラーは鷹の頭をした太陽神であるが，これらは別の宗教の神であるから，明らかにキリストのことではあり得ないはずだ．最終行のメッセージは，読者の誰もがよく知っていると思い込んでいるものだが，それを部分的に取り出すと，思わぬメッセージが伝達されてしまうことがある．しかも，この2行は正しい英語のセンテンスとして読めるために，内容的な矛盾が見逃されてしまうのだ．

不完全なメッセージは，はっきり不完全とわかる形で伝わると，伝えられた

Message Clear

```
  am              i
                               if
i am                       he
      he r         o
      h     ur   t
     the re           and
      he      re      and
      he re
  a                 n   d
     the r                  e
i am     r                     ife
                  i n
           s      ion and
i                       d      i e
  am   e res   ect
  am   e res   ection
                   o            f
     the                      life
                   o            f
   m   e            n
           sur e
     the                d      i e
i          s
           s   e t    and
i am the   sur          d
  a  t   res     t
                   o          life
i am  he r                       e
i a             ct
i        r  u       n
i  m   e  e      t
i                t             i e
i          s     t    and
i am th            o      th
i am     r            a
i am the   su       n
i am the   s       on
i am the  e   rect on       e  if
i am     re         n     t
i am       s          a         fe
i am       s    c   n     t
i     he  e             d
i    t e   s     t
i        re           a d
  a  th  re           a d
  a        s     t on       e
  a  t   re           a d
  a  th  r         on       e
i        resurrect
                      a       life
i am              i n         life
i am     resurrection
i am the resurrection and
i am
i am the resurrection and the life
```

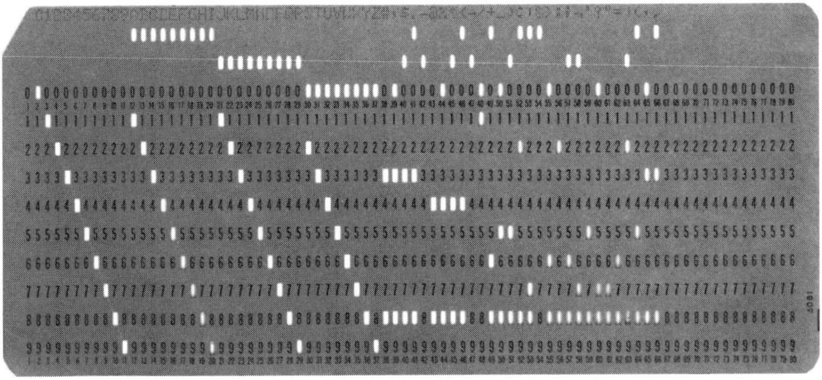

図 2-1　大型コンピュータのパンチカード

側も警戒して発信者に問い質し，訂正することができる．しかし，それがたまたま完成された他のメッセージの姿をとってしまうと，矛盾したメッセージが一人歩きしてしまう場合があるのだ．私たちは，コミュニケーションの手段として言語に頼りきっているが，その信頼関係はそれほど確実なものではないようだ．時に言語は使い手を裏切り，独自の動きさえ見せる．エドウィン・モーガンは，言葉を自由に操ってその豊かさを私たちに示すが，彼の言語観の根底には，それが自分の手には負えない危険な道具だという認識があるのだ．にもかかわらず，彼は言語でさまざまな実験を繰り返す．危ないおもちゃで遊ぶことの緊張感こそが，創作へのエネルギーとなっているとも言えるのだ．

英語で書くということ

彼のこうした言語観は何に由来するのだろうか．そこに，私はスコットランドの多言語性が少なからず関わっていると考えている．モーガンは，英語で詩を書くことが多いが，スコッツ語で書くこともある．外国語にも堪能で，外国文学をスコッツ語に翻訳もしている[2)]．詩を書こうとしたときに，どの言語で書こうか，という選択肢がある環境にあれば，詩人は言語自体に意識的になる．

2）外国文学ではないが，モーガンのよく知られている翻訳に，『マクベス』第 1 幕第 5 場のマクベス夫人の独白の鬼気迫るスコッツ語訳がある．*Collected Translations* (Manchester: Carcanet, 1996), pp. 227–228.

その選択には，自らの表現媒体として一番しっくりくる言語は何か，書こうとする内容にふさわしい言語は何か，そしてその言語を選ぶことで読者はどのように反応するか，そうしたさまざまな要素が関わってくるはずだ．となれば，同じ英語で書くにしても，まず英語で書く意味を自らに問うという作業が詩人には課されることになる．

言語は，私たちがそれについてあまり意識しないとき，すなわち言語を単なる伝達の手段として透明化し，伝えられる内容だけに注目しようと考えるときに，最も手ひどく私たちを裏切る．英語が，グローバルな共通語として機能するようになって久しい．地域や文化的，社会的背景を問わず同じ言語で交流できれば，それがさまざまな望ましい効果をもたらすことは，言うまでもないだろう．しかしその一方で，言語をそれを育んできた歴史や文化から切り離すことはできない．同じ言葉を話しているからと言って，同じことを意味しているとは限らないのだ．逆説的に言えば，言語は「伝達を妨げる手段」にさえなり得るのである．

スコッツ語で詩を書く人は，しばしばそのことでスコットランド詩人としての誇りを示す．ゲール語詩人は，少数者言語であるゲール語で作品を書き続けることを，自らの使命と考えるかもしれない．しかし，スコットランド詩の独自性を表現する言語は，土地に独自の言語，スコッツ語やゲール語だけではない．英語でも（もしかするとネッシー語でも）それはできるのではないか，とモーガンは私たちに問いかけるのだ．

言語と権力

本講で最後に読むのは，「水星語」の詩である．タイトルは‘The First Men on Mercury’（「水星に降り立った最初の人間」），対話詩と呼ばれるジャンルの作品で，英語を話す地球人と水星語を話しているらしき水星人との対話から成っている．まず，地球人は自分たちの素性を説明し，相手のリーダーとの面会を要求する．水星人は，水星に到達するほどのテクノロジーを手にした地球人と違って，太陽系の構造についてよく知らないかもしれない，そう思ったか地球人の宇宙飛行士は，プラスチックの模型まで持ち込んでいる．

– We come in peace from the third planet.
Would you take us to your leader?

– Bawr stretter! Bawr. Bawr. Stretterhawl?

– This is a little plastic model
of the solar system, with working parts.
You are here and we are there and we
are now here with you, is this clear?

– Gawl horrop. Bawr. Abawrhannahanna!

– Where we come from is blue and white
with brown, you see we call the brown
here 'land', the blue is 'sea', and the white
is 'clouds' over land and sea, we live
on the surface of the brown land,
all round is sea and clouds. We are 'men'.
Men come –

– Glawp men! Gawrbenner menko. Menhawl?
(ll. 1-16)

地球人の語りかけの単純な構文は，中学生の英語の授業のようだし，内容的にも地球を海と雲と陸にまとめて 'blue and white with brown' とは，ずいぶんと乱暴な単純化である．これは相手が言語を理解しないというより，相手の理解力全般が不足しているという前提に立った話し方であり，まるで小さい子供に説明するような口調であると言えるだろう．

一方，水星人の台詞は，全般に短めで同じ音の繰り返しも多く，かなり単純な内容しか語っていないように見える．みなさんは，水星人をどのような姿で想像されるだろうか．モーガン自身の朗読では，'Gawl' や 'Bawr' は動物が威嚇しているようにも聞こえる．それでも水星人の台詞は，少しずつ地球人の言葉を捉え始める．

– Men come in peace from the third planet
which we call 'earth'. We are earthmen.
Take us earthmen to your leader.

– Thmen? Thmen? Bawr Bawrhossop.
Yuleeda tan hanna. Harrabost yuleeda.
（ll. 17–21）

前出の 'menko' は，'men come'，'Thmen? Thmen?' は 'earthmen'，'Yuleeda' は 'your leader' を聞き取ったもののようだ．地球人も水星語を覚えて使い始める．

– I am the yuleeda. You see my hands,
we carry no benner, we come in peace.
The spaceways are all stretterhawn.
（ll. 22–24）

'benner' は，先に水星人が言った言葉 'Gawrbenner' に由来しており，'we come in peace'（「平和裡にやってきた」）という言葉から，'benner' がおそらく武器を指しているのだろうということが，想像できる．異言語との出会いと習得のプロセスがここに再現され，読者もそれに参加することになる．

ところで，ここで 'come in peace'（「平和裡にやってきた」）という台詞が 3 回繰り返されることに注目しよう．これだけ声高に平和を強調されると，かえって怪しいではないか．高いテクノロジーを有した侵略者は，しばしば何も悪いことはしない，仲良くしようと相手をだまして土地や資源を奪いに来る．どうも水星人もそのことには気づいているようだ．このあたりから，地球人の台詞にはさらに水星語が増え，水星人の台詞にも地球語，つまり英語の割合が多くなる．読者はわかりそうな断片を拾い，口調に耳を傾けることで話の内容を憶測することになる．

– Glawn peacemen all horrabhanna tantko!
Tan come at'mstrossop. Glawp yuleeda!

– Atoms are peacegawl in our harraban.
Menbat worrabost from tan hannahanna.

– You men we know bawrhossoptant. Bawr.
We know yuleeda. Go strawg backspetter quick.

– We cantantabawr, tantingko backspetter now!

– Banghapper now! Yes, third planet back.
Yuleeda will go back to blue, white, brown
nowhanna! There is no more talk.

– Gawl han fasthapper?

(ll. 25–35)

'You men we know'（「地球人のやり口はわかっている」）に続く 'go strawg backspetter quick' は，その音から Go straight back, quick!（すぐに地球へ帰れ）とでも言っていると推測できる．

それに対し，地球人の口調はだんだん弱腰になっていく．'Gawl han fasthapper?' はまったく水星語になっているが，断定的な水星人の口調に対し短い疑問文を返すのみで，両者の台詞の量は詩の前半と逆転する．ついに水星人は，いつの間に覚えたのか，人称も時制も完璧な英語で，威厳をもってしかし寛大に帰還を命令する．

– No. You must go back to your planet.
Go back in peace, take what you have gained
but quickly.

– Stretterworra gawl, gawl. . .

(ll. 36–39)

この場の主導権を水星人が握っていることは明らかであり，地球人の最後の台詞 'Stretterworra gawl, gawl. . .' は，もう消え入るような懇願調になっている．

そして'gawl, gawl. . .'という繰り返しは，水星人の最初の「吠え声」を思い起こさせるのだ．

英語と植民地主義

ここまで読めば，私たちはこの詩のからくりに気づき始める．水星人は，英語を話さないというだけの理由で野蛮人と見なされてきたが，実はかなりの知能を備えていたのだ．これは，言語をめぐって私たちが犯しがちな過ちを端的に物語っているのではないだろうか．つまり，語る言葉が拙いと内容も単純化する，そこからの類推で，言葉が拙い相手は，内容の理解も同じように拙いと思ってしまうという誤解である．英語で野蛮人を指すbarbarianという語があるが，ご承知のようにその語源は，古代ギリシア人が訳のわからない言葉（barbar）を話す異民族をバルバロイと呼んだ蔑称である．水星人の単純な音の繰り返しは，そうしたことを私たちに思い起こさせる．それはまさにヨーロッパ人が，南北アメリカ，アフリカ，アジア，オセアニアなど世界中の至る所で先住民に対して行ってきたのと同じことなのだ．地球人の使う地球語が英語であることには意味がある．イギリス帝国が，こうして自分たちが「未開」と見なす地域に，「平和裡にやってきた」と言いつつ暴力的に入り込み，支配，搾取の限りを尽くした歴史がここでほのめかされているのだ．

ところで，この逆転はもう一つの意味をもっている．つまり，私たち読者は，どこに立っているのか，という問題である．いま私たちは，実は知性的な水星人が受けた仕打ちを理不尽だと感じた．では，私たちはなぜ水星人に知性があると判断できたのだろうか．それは，水星人が立派な英語を話し出したからではないか．私たち自身もいつのまにか，自分たちの知っている言語である英語を尺度として相手の価値を判断してしまっているのだ．言語は，人を支配したり，見下したり，傷つけたりする道具にもなる．それは，どんな人間でも陥る可能性のある罠であるとモーガンは示唆しているのだ．水星人の最後の言葉は，その意味で私たちに強く響く——'nothing is ever the same, /now is it? You'll remember Mercury.'（「もう何も前と同じではない．お前たちは水星を忘れないだろうから．」, ll. 40-41）．支配しようとした「野蛮人」に支配され，自分たちが「野蛮人」と化してしまったこの衝撃的な経験は，権力を掌握することを当たり前と思ってきた人々に自分たちの醜い姿を映し出す鏡をつきつける役割を果たした．そして，その同じ鏡は自分たちを問題の外に置いて，そうした人々を批判する私たち読者にも向けられている．その意味でこの詩を読む体験が私たちをも「何も前と同じではない」状態へと変化させるのだ．

スコットランドの二重の位置

さて，遠い水星からスコットランドに戻ろう．もしこのサイエンス・フィクションのような詩が実は英語と植民地主義について語っているとすれば，スコットランドはどこに位置するのだろうか．一つには，長らくイングランドの支配に苦しんだ被支配者としてのスコットランドであろう．つまり，水星人の話す意味不明の吠え声は，スコッツ語やゲール語にあたるというわけだ．この解釈は，スコットランドの読者にはすぐにピンとくるものであり，永らく支配してきたイングランドに，自分たちは実はこれだけの内面を備えているのだ，と示す強烈なカウンターパンチであるとも言える．しかし，そこで終わらないのがモーガンの言語に対する厳しい認識である．

最後の部分で水星人が話す英語を，水星人が手に入れてしまった武器と考えたらどうであろうか．つまり，英語とそれに付随するイングランドの文化によって支配されていたスコットランドでも，いったん権力を手中にすれば，いつの間にかやはり支配者として相手に命令し出すのではないか，ということである．このことは，イギリス帝国の旗手としてインドやアフリカの植民地支配に大いに貢献したスコットランド人たちの歴史を思い起こさせる．支配されていた者は，その苦しみを知っているはずなのに，支配することに貪欲になりがちであり，他人に劣等視された人間は，ほかに劣等視できる相手を探そうとする．エドウィン・モーガンのかざす鏡は，自分たち自身にも向けられている．その意味で，この詩は誰にでも思い当たる，普遍的な真実を物語る詩でありつつ，きわめて具体的にスコットランドについての詩であるとも言えるのだ．

ここまでエドウィン・モーガンの作品を読んできて，私たちは，言語のもつ，さまざまな要素を目の当たりにしてきた．それは途方もない可能性をもっているが，また私たちを手痛く裏切ることもある．面白いこと，美しいことを生み出してわくわくさせる一方，その恐ろしい力や罪深さで私たちを震撼させることもあるのだ．言語は，ある地域や文化，この場合スコットランドに根ざしたものでありながら，同時に人間なら誰しもが頷くことができる普遍的な要素を含んでもいる．モーガンは，そうした要素のそれぞれに透徹した眼を配りながら，その上で言語というものに魅了され続けているようだ．彼の詩を読む私たちは，そうした洞察を共有するだけでなく，何より言語という身近な存在について刺激を受けることになる．みなさんの中にも，辞典のパロディや具体詩，音韻詩を書いてみたくなった人はおられないだろうか．大いに楽しんでいただきたい．そうした喚起力こそが，モーガンの詩が私たちに伝える言語の最大の特徴だろうと，私は考えている．

[詩人紹介]

エドウィン・モーガン（Edwin Morgan, 1920-2010）

「第1講　「謎」を学ぶ」を参照.

[作品が収められた詩集]

Morgan, Edwin. *Collected Poems*. Manchester: Carcanet, 1990.

[読書案内]

Bradford, Richard. *The Look of It: a Theory of Visual Form in English Poetry*. Cork: Cork UP, 1993.

川本喜八郎監督『連句アニメーション　冬の日』(DVD)，紀伊國屋書店，2003.

国立国際美術館編『新国誠一　works 1952-1977』(CD付)，思潮社，2008.

富田理恵『世界歴史の旅　スコットランド』山川出版社，2002.

[ディスカッション]

モーガンの作品を参考に，自作の音韻詩，具体詩，パロディなどを書いてみましょう．まったく新しいジャンルの実験を試みてもかまいません．

■第3講　図　像

二つのメディアが織りなす迷路

スティーヴィ・スミス「手を振っていたんじゃない，溺れていたんだ」「私を愛して！」ほか

挿絵のある詩

詩は，言語芸術である．これまで見てきたように，私たちが知る言語のありようや機能を，詩の言語は時にアクロバティックに逸脱し，そのことで逆に言語の本質を垣間見せる．では，視覚芸術のような別の芸術形態と結びついたときに，詩はどのような化学反応を起こすだろうか．本講では，イングランドの詩人スティーヴィ・スミス（Stevie Smith, 1902–71）の詩を読み，そこに添えられた自作の挿絵との関係を考えて，その手がかりとしたい．スミスの挿絵は，ペン一本で描かれた素人の落書きのようにも見えるが，その実，なかなか奥深く，ファンも多い．一般に挿絵は，テクストに関わりのある事柄を視覚化したり，テクストの理解を補助するために置かれることが多いが，スミスの挿絵は必ずしもそうした機能を果たすとは限らないようだ．言語と図像（イメージ）という二つのメディアは，どのように関わり合い，影響し合うのだろうか．

溺れた男の伝えたかったこと

まずは，スミスの最も有名な詩，'Not Waving but Drowning'（「手を振っていたんじゃない，溺れていたんだ」）から始めよう．簡潔だが衝撃的なタイトルだ．沖で遊泳中のある男が陸に向かって快活に「手を振っている」（'waving'）のかと思ったら，「溺れかけて」（'drowning'）必死でもがいているところだった，というのだ．詩が始まると，1行目でこの人物はもう死んでいる．

Nobody heard him, the dead man,
But still he lay moaning:

I was much further out than you thought
And not waving but drowning.

(ll. 1-4)

死んでしまった男はもう誰にも話を聞いてもらえないのに，「横たわったままうめいている」（'he lay moaning:'）．2 行目のコロン（:）は，続く部分がそれ以前の部分の内容，具体例などであることを示す句読点だが，この場合は彼のうめきの内容が一人称で語られる．それは，死ぬ直前の瞬間の描写であり，タイトルとほぼ同じ 4 行目が示すように，死に直面した男のもがきの意味は，'you' と呼ばれる仲間たちには伝わらなかった．いや，より正確には，彼らには見えていたのに誤解されていたのだ．その理由は，彼らと男との距離であるとされるが，注意してみると，誤解は二重になっていることがわかる．彼は，仲間たちが思っていたより遥かに遠く沖にいた（'much further out'），翻せば，仲間たちは彼がもっと近くにいる，彼の発信するサインは自分たちに間違いなく届くと思っていたために，かえって深刻な状況に気づくことができなかったのだ．

'waving' と 'drowning' というまったく意味の違う動詞の素っ気ない並列は，ある種のブラックユーモアさえ感じさせるが，それこそが陸にいた人々と当事者である男との心理的距離を物語っているとも言える．さらに男は，冒頭に示したとおり，死んでからも人々に嘆きかけ，再び届かないという悲劇に見舞われている．つまり，第一連のたった 4 行の中で，人々は三重に彼を遠ざけており，しかも彼らはそのことに気づいてさえいないのである．

第二連は，最終行の 'They said.' の 1 文が示すように，まわりの人々の視点で書かれている．

Poor chap, he always loved larking
And now he's dead
It must have been too cold for him his heart gave way,
They said.

(ll. 5-8)

'Poor chap'（「かわいそうなやつ」）は，同情と親しみをこめた呼び方であり，彼のまわりの人々が，決して彼を見殺しにするような心情にあったわけではなく，どちらかと言うと好意的であったことが窺える．しかし，彼らが抱く彼のイメージは，'he always loved larking'（「いつもふざけるのが好きだった」）と，第一連で示されるそれとはやや異なり，彼らの見た男の溺れかける様子も，おどけた仕草と受け取られたのではないかという想像をさえ誘うものである．

水が冷たすぎて心臓がもたなかったのだろう，と彼らは死因を推理するが，それに対し，第三連では彼自身が一人称で返答する．

Oh, no no no, it was too cold always
(Still the dead one lay moaning)
I was much too far out all my life
And not waving but drowning

(ll. 9-12)

9行目には 'Oh' という間投詞に続き，'no' が3回も繰り返される．強烈な否定ぶりだ．彼が冷たく感じていたのは，水の中にいたからではない，一生そうであったというのだ．最後の瞬間，彼は一人，他の人々とは異なる空間である海にいた．死の原因はその空間にあったのだ，と人々は思っていた．しかし，彼らは再び間違っていたようだ．こちら側の同じ空間にいる間も，ずっと彼は「冷たかった」のだ．第一連の 'further out than you thought' という他の人たちの思い込みを示す語句が，ここでは 'too far out' と置き換えられ，メッセージが届かない絶対的な距離がそこに厳然とあったことが語られる．これに続く最終行は，第一連最終行と同じだが，その意味は，彼が生涯をとおして感じていた孤独と無力感に置き換えられる．

この詩に添えられた挿絵を見てみよう（図3-1）．スミスの他の挿絵同様，やや粗いペン描きの人の姿は，水面と思しき波線の上に上半身を出しているように見える．詩の内容に従い，溺れた男だろうと，読者はまず考える．顔を覆う垂直方向の線は，一度沈んだことを示す水の滴りだろうか．どちらかと言えば無表情に，こちらをじっと凝視するこの印象的な人物は，しかし，手を振ってはいない．それどころか，助けを求めるために口を開けるわけでもなく，上半身が水から出て垂直に保たれている状態は，溺れかけているようにも見えない．

図 3-1　'Not Waving but Drowning' の挿絵

もちろん，全体としては溺れかけてもがいていたが，この絵が捉えたのが，たまたまそれらしく見えない一瞬であった，と言うこともできなくはない．だが，それならなぜそうしたテクストを裏切るような瞬間を挿絵として採用しているのか，という疑問が残る．どうやら意思疎通の困難があるのは，詩の中の男と周囲の人々との間だけではないようだ．私たちは，果たして詩人の語りかけることを受け取っているのだろうか．

伝わらない言葉

発信されたメッセージが十分に受け取られなかったり，意味が伝わらなかったりするコミュニケーションの機能不全は，スミスの詩に頻出するテーマである．例えば，'The Songster'（「歌い手」）という短い詩を見てみよう．

Miss Pauncefort sang at the top of her voice
(Sing tirry-lirry-lirry down the lane)
And nobody knew what she sang about
(Sing tirry-lirry-lirry all the same).

軽快な音韻のリフレイン 'tirry-lirry-lirry' が差し挟まれ，この詩自体が歌のような作りになっているが，最も高い声で歌う歌手の歌は，'nobody knew what she sang about'（「誰も何を歌っているのかわからなかった」）と理解されていない．ちょうど意味のないリフレインのように音として聞こえているだけのようである．しかし，詩の最終行は，「それでも（'all the same'）ティリ・リリ・リリと歌え」と意味伝達を無為化し，なおかつ楽しげな音楽としての機能は維持する．その意味で，「何を歌っているのか」わからなくとも，何かは伝わっている．しかし，それは歌い手が伝えようとしたものとは別の何かかもしれない．

スミスは，'What Poems Are Made of'（「詩をつくるもの」）という散文で，次のように述べている．

> Many of my poems are about the pains of isolation, but once the poem is written, the happiness of being alone comes flooding back.[1)]
> 私の詩の多くは，孤独の痛みについてだが，いったん書いてしまうと，一人でいることの幸福が溢れるように戻ってくる．

孤独の痛みを詩のテーマとしつつ，なおその幸せをもスミスは知っている．歌の意味が聞き手に理解されない歌手は，自己完結せざるを得ない孤独な存在であるとも言えるが，それでも彼女は歌い続け，その歌は何か楽しげなのである．

一方，'Not Waving but Drowning' の主人公は，はるかに悲劇的である．しかし，周りの人々に最後までなぜか陽気な印象を与えてしまうことの背後には，この人物の存在自体が醸し出す曖昧さがあるように思われる．このことを考えるために，'Flow, Flow, Flow'（「流れよ，流れよ，流れよ」）と題された詩を読んでみたい．水死はスミスの心を捉えていたモチーフだったようで，この詩の語り手も，最後は海底で骨になる．

> Flow, flow, flow,

1）Jack Barbera and William McBrian, eds., *Me Again: The Uncollected Writings of Stevie Smith*（London: Virago, 1981）, p. 128.

Deep river running
To the sea.
Go, go, go,
Let all thy waters go
Over my head,
And when my bones are dead
Long may they lie
Upon the ocean bed,
Thy destiny.

語り手は，川に向かって 'Let all thy waters go /Over my head'（「おまえの水のすべてを私の頭上に流せ」）と言っているから，川の中にいると考えられる．そして，自分の「骨が死んだとき」には，「海底に長く横たわるように」と助動詞 'may' を用いて祈願のように述べる．偶発的な水死を扱った 'Not Waving but Drowning' と異なり，ここでは語り手本人が自ら水中に引き込まれることを望み，そして流された末の海底での死を予見している．なんとも奇妙な願望だが，それを抱くに至った理由も明かされず，3 回ずつ繰り返される 'flow' と 'go' の二つの動詞が，この願望に勢いをつける．

この詩の挿絵（図 3-2）では，川に浸かった人物は描かれているが，こちらを向いたその顔は僅かに微笑んでいるように見え，胸のあたりまである流れも安定していて「深い川」であるようにも，「頭の上」に至りそうにも見えない．背景には，詩では言及のない建物と 4 本の木が配され，そして何より目を引くのはぽっかりと空に浮かぶ二つの雲である．空間は上方に向かって開かれており，「深い川」や「海底」のあるはずの下方や，それを示唆する要素は含まれていない．'Not Waving but Drowning' の挿絵とこの 'Flow, Flow, Flow' の挿絵を比較すると，露出している身体の部分は上半身と胸から上で異なるものの，人物の身体が水上に垂直の姿勢を保っていること，表情や仕草に切迫した動きが見えないことなどが共通している．要するに，水死の瞬間が迫っている人物，そしてそれを自覚している人物には見えないのだ．

'Flow, Flow, Flow' は，'Thy destiny.' という名詞句のみの短い行で終わる．'Thy' が 5 行目の 'thy waters' と同じ相手を指すと考えれば，それは川である．

図 3-2　'Flow, Flow, Flow' の挿絵

自らの骨を横たえた海底へと流れゆくことを川の水の「宿命」と呼ぶ「私」の語りは，この詩の世界全体を統括するかのようだ．となれば，海底に「横たわる」ことは，単なる願望にとどまらず，自らが予め定めた着地点ということになる．この詩を読んだ後で 'Not Waving but Drowning' を振り返れば，同じ「横たわる」（過去形で 'lay', l. 2 及び l. 10）姿勢で登場する男に対する私たちの印象は変化せざるを得ない．確かに彼は周囲の人々に理解されていなかったし，そのことで常に死者のような「冷た」さや孤独を感じていた．そのことを死んだ後まで繰り返して述べている．しかし，そもそも彼は，その状態を解決すべく，人々に対して何かを訴えかけようとしていただろうか．そうして読むと，死んだ男の言葉は，'I' を主語として自分自身の過去の状態を解説しているにすぎず，'he' を主語として（正しい理解ではないとしても）他者について想像を巡らし語る彼の周りの人々に比べて，自己完結的であると感じられる．

繰り返されるメッセージ

スミスには，自分への関心を求める訴えを，より直截に表現した詩もある．ここでそうした詩の一つ，'Love Me!'（「私を愛して！」）という作品を読んでみよう．

Love me, Love me, I cried to the rocks and the trees,
And Love me, they cried again, but it was only to tease.
Once I cried Love me to the people, but they fled like a dream,
And when I cried Love me to my friend, she began to scream.
Oh why do they leave me, the beautiful people, and only the rocks
remain,
To cry Love me, as I cry Love me, and Love me again.

(ll. 1-6)

語り手は「私を愛して！」という訴えをまず，「岩や木々」（'the rocks and the trees'）に投げかける．同じ言葉が返ってくるが，それは「からかうため」（'only to tease'）だった，とある．谺（こだま）のようなものを指しているのであろうか．岩や木々に愛を求めること，そしてそれらを擬人化して，自分を「からか」っていると見なすことは，やや唐突に感じられるが，語り手はすでに人間に対しても同じ行為を行い，報われていなかったことが，3行目以下で明らかになる．

「人々」にそう言ったときには，「夢のように逃げた」（'fled like a dream'）し，「友達」に言ったら，「叫び出した」（'began to scream'）というのだ．いずれも激しい拒絶のようだが，「私」にその理由はわからない．残っているのは岩ばかり（'only the rocks remain'）で，6行目では，'Love me' が「私」と「岩」との間に3度繰り返され，空しく浪費される．

第二連に入ると，「私」を取り巻く世界からは，ますます人間の気配が消える．

On the rock a baked sea-serpent lies,
And his eyelids close tightly over his violent eyes,
And I fear that his eyes will open and confound me with a mirthless
word,
That the rocks will harp on for ever, and my Love me never be
heard.

(ll. 7-10)

岩の上には，「灼かれた海蛇」（'a baked sea-serpent'）が横たわっている．瞼は閉じられているが，その下には「獰猛な眼」（‘violent eyes’）があることを，「私」は知っている．そして，それが開かれ，「陰気な言葉」（‘mirthless word’）で「私」を「狼狽させる」（‘confound’）こと，さらに岩が同じ言葉を永遠に繰り返すために（‘harp on for ever’），「私」の ‘Love me’ が聞こえなくなることを恐れている，というのが第二連のだいたいの内容だ．スミスの詩は，文法的にもそれほど複雑なところや破格と呼ぶべきところが少ない簡潔な文から成っていることが多いが，そのことは必ずしも意味がとりやすいこととはつながらない．この連を読んでも，読者はさまざまな疑問にぶつかる．

‘sea-serpent’ は亜熱帯から熱帯の海中に生息し，多くは毒をもつ実在の動物ウミヘビ（sea-snake）を指す場合もあるが，竜のような想像上の動物を指す場合もある．ここでそのどちらなのかは特定されないが，それが危険な動物であることは確かであろう．海中に棲むはずの蛇が岩の上で（おそらくは太陽に）灼かれて横たわっているとすれば，その凶暴さはすぐには発揮されないだろう．しかし，「私」はその潜在的な危険を恐れている．さらには，目が開いたときに，困惑をもたらすのは「言葉」であり，必ずしも目と関わりがあるようには見えない．そして，続く岩とのやりとりは，第一連の内容により近く，海蛇との関わりは不明である．

この詩の中で ‘Love me’ という命令文は，引用符（‘ ’）がつけられないまま，直接話法として文の中に組み込まれる，という変則的な形になっている．しかも最初の大文字 L は維持されているので，とても目立つ．最終行だけは，‘my Love me’（「私の「私を愛して！」という言葉」）と名詞句扱いで，ほかとは少し違う使い方がなされているが，それでも L は大文字になっているし，これも合わせて詩の中で使われている回数は，なんと 9 回にも及ぶ．このことは，何を意味するのであろうか．

「私」が恐れたり，嫌がったりしているのは，岩が ‘Love me’ を繰り返すことによって自分のメッセージがからかわれたり，聞こえなくなったりすること，すなわち自らの ‘Love me’ というメッセージがかき消され，正しく届かないことである．しかし，この詩の中に出てくる 9 回のうち，6 回までは「私」自身の言葉としての ‘Love me’ である．つまり，「私」は，かなり執拗にこの語句を繰り返していることになる．そうして見ると，第一連では，「私」の発する

'Love me' こそが「人々」を逃げさせ，「友達」を叫ばせたことに気づく．一見無害に見えるこのメッセージには，人を恐れさせる何かが含まれていたのではないか．「私を愛して」という言葉は，こちらを向いてくれない周囲の人々に好意と関心を請う，無力で寂しい人間の声のように聞こえる．しかし，それが自分に好意と関心を集中させようとする専制君主が発するような否応ない命令と受け取られたら，どうであろうか（'Love me!' を「私を愛せよ！」と訳すことも可能である）．いや，むしろ両者の差はそれほど明確なものではない．繰り返されるお願いが，いつの間にか圧力と感じられることだってあるだろう．

ここで，第二連で唐突に登場する海蛇を思い出していただきたい．本来，水中にいるはずの生き物が，いまは岩の上に姿を現している．太陽に灼かれて，力なく横たわっているが，閉じられた瞼の下には凶暴な目が隠されている．「私」にはその目が見えていないはずなのに，なぜその凶暴さがわかるのであろうか．それは海蛇が他ならぬ「私」自身の心理を体現しているからではないか．助けを求めるように見えて，その実，他者を自己愛の糧にすることを厭わない者が自らの中にいるのを知るのは，自分自身である．その目は，開かれたときに「陰鬱な言葉で私を狼狽させる」（'confound me with a mirthless word'）とあるが，この「陰鬱な言葉」は，単数でもあり，明らかに 'Love me' ではない．隠されていた言葉はいったい何であろうか．'confound' には，破滅や恥辱をもたらすという古い意味もある．'Love me' というメッセージは，自らの内包する悪意に無為化され，岩が奏でる意味を伝えない音の繰り返しに変わるのだ．

裏切り合う詩と挿絵

この詩に添えられた挿絵（図 3-3）は，先に挙げた 'Not Waving but Drowning' 以上に，テクストとの関係がわかりにくい．岩山らしき尖ったジグザグの線を背景に，同じような髪型の 5 人の人物が描かれており，手前の 2 人は他の 3 人に背を向けてやや顔をしかめながらお互いに目配せをしているように見える．その後ろには 2 人の人物が立ち，右側の一番大きい人物の腕を左隣の人物が捉えている．その腕の下にあるのは，左の人物の足だろうか．腰と胴体の接続が不自然で，捻っているような姿勢で右を向いている．一番左には，ひときわ小さい人物が描かれており，一見，遠くに立っているようにも見えるが，手

図 3-3　'Love Me!' の挿絵

と足が隣の人物の前にあるところを見ると，そうではないようだ．子供という可能性もあるが，四肢のバランスは子供らしいとも言えず，他の 4 人をそのまま縮小したようで，そのことが一瞬，遠近法による誤解を引き起こすのであろう．この小さい人物だけが口を開いており，両手を挙げる仕草に動きが感じられる．

もし，この小さい人物が 'Love me!' と叫んでいるのだとすれば，挿絵が捉えているのは，この詩に描かれる状況の前段階，すなわちその叫びによって人々が逃げ去る直前の場面であると解釈できるかもしれない．一番大きい人物を除き，人々の表情は硬く，小さい人物から顔を背けているように見える．唯一，一番大きい人物の顔だけが左に向き，その目は小さい人物に気づいて何か驚いたようにも見えるが，その腕を隣の人物が捉え，大きい人物を逆の方向に押し戻そうとしているようだ．小さい人物のサイズは，そうしてみれば，メッセージが受け取られないことに拠る存在の無力感を体現しているとも考えられる．

無表情なあとの4人の身体は，立ちはだかる大きな塊のように描かれ，小さな「私」がそれに立ち向かう，という構図になる．これが詩の中で 'the beautiful people' (l. 5) と呼ばれる人々なのだろうか，と思わせるような冷たい拒絶が脅威として感じとられる．

しかし，もう一度この小さな「私」を見れば，その顔は他の4人に向けられているが，身体は逆の方向を向いていて，求めているのか，逃げ出そうとしているのか判然としないことに気づく．詩の中の「私」は，伝わらぬメッセージをただひたすら連呼する人物として描かれていた．そして，その空しさの原因として，メッセージ自体，あるいはそれを発する「私」の意識が内包する暴力性が示唆された．挿絵はそれを支持するどころか，「私」のメッセージ発信者としての意志すら疑義に付す．「私」と「人々」の立場は逆転し，小さい人物は，一刻も早くその他の人々との関わりから逃げ出そうとしているようにも見えるのだ．

挿絵が加わることで表現は複合的になり，そのことがかえって読者の意識を攪乱する．挿絵は本文に対して補助的機能を果たすだろうという予想は裏切られ，挿絵が伝達の困難さを増幅しているように見える．しかし，「私」という人物や，その発するメッセージの意味が簡単に理解されないこと，その伝わりにくさは，すでに詩の中に含まれていたのではないか．先に述べたとおり，スミスの詩は，一見，読みやすそうな印象を与える．素朴な挿絵が添えられれば，子供向けの本を連想させ，その傾向は一層強まる．しかし，その思い込みは，詩と挿絵の双方から突き崩される．そして，その背後には，人間どうしの意思疎通の確かさや詩という媒体を通した表現に対してスミスが抱く根本的な懐疑があるように思われる．詩と挿絵が，それぞれのやり方で雄弁に表現するのは，この懐疑にほかならない．伝達の難しさを雄弁に伝達する，というこの奇妙な逆説こそが，読者とスミスの間に緊張感に満ちた関係性を築くのである．

[詩人紹介]

スティーヴィ・スミス（Stevie Smith, 1902–71）

英国ヨークシャー，ハル生まれ．本名は，Florence Margaret "Stevie" Smith．母と不仲であった父が家を出ると，母，姉，それに母方の伯母とともに3歳からロンドン郊外に

移った．高校卒業後，秘書になる職業訓練を受け，1953年に鬱状態に陥り退職するまで出版社で秘書として勤めた．その傍ら，1936年から作品を出版した．小説に *Novel on Yellow Paper*（1936），*Over the Frontier*（1938），詩集に *A Good Time Was Had By All*（1937），*Tender Only to One*（1938），*Harold's Leap*（1950），*Not Waving But Drowning*（1957），*The Frog Prince and Other Poems*（1966）などがある．詩作品は，本講でも紹介したように，しばしば素朴な挿絵と軽い語り口調を特徴とするが，その主題は，信仰，孤独，死など瞑想的なものが多い．没後，*Collected Poems*（1975），散文集 *Me Again: Uncollected Writings of Stevie Smith*（1981）が出版されている．

[作品が収められた詩集]

Smith, Stevie. *Collected Poems*. James MacGibbon, ed. London: Penguin, 1985.

[読書案内]

Barbera, J. and W. MacBrien. *Stevie: a Biography of Stevie Smith*. Oxford: OUP, 1985.

Enders, Robert, dir. *Stevie*. Based on the play by Hugh Whitemore. British Biographical Film, 1978.

Lear, Edward. *The Complete Nonsense of Edward Lear*. Holbrook Jackson, ed. London: Faber, 2001.（リア，エドワード『完訳　ナンセンスの絵本』柳瀬尚紀訳，岩波文庫，2003.）

[ディスカッション]

スミスの挿絵には，性別が曖昧な人物が多く登場します．そのことと，本講で論じたスミスの詩の特徴とは，何か関係があるのでしょうか．

■第 II 部

伝統を開く

■第 4 講　定型詩

流動を湛える器

ジェイムズ・K・バクスター「暗い歓迎」

詩の韻律

英詩には，他の言語で書かれた詩同様，伝統的な形式がある．例えば，16 世紀にイタリアから伝えられ，イギリスで独自の発達を遂げた 14 行詩，ソネット（sonnet）では，各行が弱音節，強音節の順に並ぶ 10 音節から成り，行末の韻（脚韻）が決まったパターンを構成するのが基本的な形である．リズムや韻についての細かい規則に注意を払いながら，思うとおりの内容を表現することは容易ではないが，詩（韻文）とはそうした文学形式なのだ，という前提が詩人たちにそこで技を競わせ，制限をむしろ創作の弾みに変えた面もある．俳句や短歌が，きわめて限られた字数の中で深く豊かな世界を表現することを考えれば，おのずと納得がいくだろう．

現代の英詩においては，自由詩（free verse）など，伝統的な形式を用いない詩や，緩やかに一定のリズムや脚韻だけを採用するような詩も増えているが，一方で定型詩を書く詩人も決して少なくない．決められた形式を用いることが規範とされない時代において，そうした形式をあえて採用することには，どのような意味があるのだろうか．本講では，現代詩において定型詩がどのように継承され，あるいは変容を遂げているかを，ニュージーランドの詩人，ジェイムズ・K・バクスター（James K. Baxter, 1926-72）がセスティーナ（sestina）という詩形で書いた作品を採り上げて考えてみよう．'The Dark Welcome'（「暗い歓迎」）である．

セスティーナという形式

セスティーナは，12 世紀プロヴァンスの吟遊詩人が用いた古い形式で，6 行から成る連（stanza）が6連，末尾に3行連が付く39行の詩である．リズムについて細かい指定があるわけではないが，各行の末尾の単語がかなり凝ったパターンを作るのが特徴だ．まずは，バクスターの詩を見てみよう．

The Dark Welcome

In the rains of winter the pa children
Go in gumboots on the wet grass. Two fantails clamber
On stems of bramble and flutter their wings
In front of me, indicating a visit
Or else a death. Below the wet marae
They wait in a transport shelter for the truck to come,

Bringing tobacco, pumpkins, salt. The kai will be welcome
To my hungry wandering children
Who drink at the springs of the marae
And find a Maori ladder to clamber
Up to the light. The cops rarely visit,
Only the fantails flutter their wings

Telling us about the dark angel's wings
Over a house to the north where a man has come
Back from Wellington, to make a quiet visit,
Brother to one of the local children,
Because the boss's scaffolding was too weak to clamber
Up and down, or else he dreamt of the marae

When the car was hitting a bend. Back to the marae
He comes, and the fantails flutter their wings,
And the children at the tangi will shout and clamber
Over trestles, with a noise of welcome,
And tears around the coffin for one of the grown-up children
Who comes to his mother's house on a visit,

Their town cousin, making a longer visit,
To join the old ones on the edge of the marae

Whose arms are bent to cradle their children
Even in death, as the pukeko's wings
Cover her young. The dark song of welcome
Will rise in the meeting house, like a tree where birds clamber,

Or the Jacob's-ladder where angels clamber
Up and down. Thus the dead can visit
The dreams and words of the living, and easily come
Back to shape the deeds of the marae,
Though rain falls to wet the fantail's wings
As if the earth were weeping for her children.

Into the same canoe my children clamber
From the wings of the iron hawk and the Vice Squad's visit
On the knees of the marae to wait for what may come.

1連目の6行の行末の children/ clamber/ wings/ visit/ marae/ come という単語の連なりを，仮に abcdef と名付けよう．続く第2連では，f の 'come' が 'welcome' という語の一部となるが，これらの語の順は faebdc となる（welcome/ children/ marae/ clamber/ visit/ wings）．

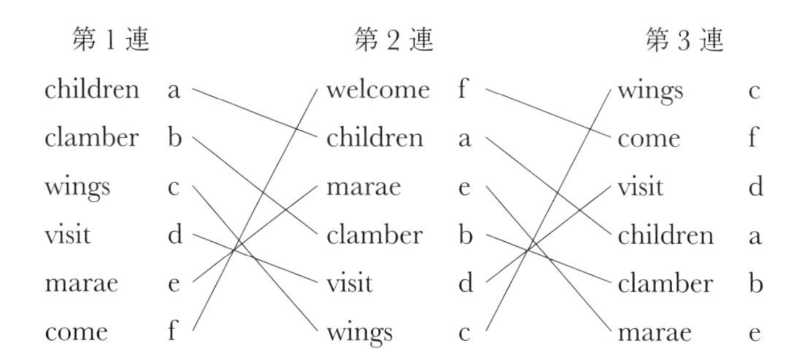

つまり，前連の6行目，1行目，5行目，2行目，4行目，3行目の単語を順に行末に置くのだ．第3連では，第2連の faebdc が，同じルールに従って並べ直されるから，cfdabe の順になる．第6連までは同様に，

1. abcdef
2. faebdc
3. cfdabe
4. ecbfad
5. deacfb
6. bdfeca

と行末が変化してゆく．これで六つの単語が一周したことになり，次があったとすれば，第1連と同じ abcdef となったはずである．しかし，セスティーナでは，その後，3行連が一つ続く．この3行には，さらに困難な規定が課されている．すなわち，文末の単語が，eca もしくは ace となり，さらにそれら以外の単語（bdf）も，行の中に含まれなくてはならないのだ．'The Dark Welcome' では，ここがやや変則的で bdf が行末に置かれているが，六つの単語は，各行に二つずつきちんと含まれている．

Into the same canoe my children clamber　ab
From the wings of the iron hawk and the Vice Squad's visit　cd
On the knees of the marae to wait for what may come.　ef

（下線は引用者）

かなり複雑な形式であることが，おわかりいただけたであろう．六つの単語は規則に従って行きつ戻りつし，6行×6連で完成するダンスのステップのような動きをする．最後の3行連は，さらにこれらを凝縮したコーダのような役割を果たす．この形式の難しいところは，こうした規則に従いつつ，文法的にも大きな破綻なく詩の内容を伝えなくてはならないことだ．詩人に高い技術が要求されることは疑いないが，同時に形式に気を取られるあまり，あまり複雑な内容を盛り込むことは難しいのではないか，と想像できる．実際，セスティーナは，洗練された詩の技巧を楽しむための「社交詩」（vers de société）の一種と見なされてきた．では，現代詩がこの形式を選択することには，どのような意味があるだろうか．実際に読みながら考えてみよう．

マオリとパケハの共同体

この詩には，いくつか見慣れない単語が含まれている．まず1行目の'pa'（「パ」）がそうだ．これは，ニュージーランドの先住民，マオリの言葉で要塞を兼ねる居住地を指す．バクスターはマオリではないが，この詩が書かれた1970年代初頭に，自分自身のような入植者の子孫であるヨーロッパ系の白人（マオリ語でパケハ，Pakeha）とマオリが互いの文化や宗教を尊重しつつ共生する独自の共同体を提唱し，ニュージーランド北島，ファンガヌイ川沿いのジェルーサレム（Jerusalem，マオリ語名ヒルハラマ，Hiruharama）という土地でこれを実践していた．この地は，古くからマオリの居住地であったところで，その文化に沿って暮らそうとしていたために，自分たちの共同体の所在地も「パ」と呼んでいるのだ．また5行目の'marae'（「マラエ」）は，その中で，礼拝所でもあり集会所でもある建物とそれを囲む聖域を指す語である．それだけではない．2行目の'fantails'は，オウギビタキ（図4-1）というニュージーランド固有の鳥で，マオリ神話では，英雄に死をもたらした凶兆の鳥とされている．5行目でこの鳥を死に結びつけることで，この詩の中でマオリ文化が果たす役割が，語彙のレベルにとどまらないことが示される．冒頭から，セスティーナを生んだ文化とはまったく異質な世界が描かれていることは，明らかだ．

一抹の不安を感じさせる書き出しだが，人々が待っているのは死ではなく

図4-1　オウギビタキ

'kai'（l. 7,「食べ物」, マオリ語）が積まれたトラックだ．'my hungry wandering children'（l. 8）とあるが，バクスターは自分の家族とは別れてこの共同体を運営していたので，ここでは自分の主張に賛同して集まった人々を家族のように描写しているのであろう．加速度的に膨張する資本主義社会に疑問を感じた若者たちがその多くを占めていたから，'hungry wandering' という形容は，彼らの精神的渇望を表していると考えることもできる．一方で，ジェルーサレムは自給自足のシンプルな共同体を目指していたが，経済的にはほぼ破綻しており，多くの実際上の問題を抱えていたので，空腹は文字通りの意味でもあったろう．続くマラエの泉から水を飲む行為も同様に生を指向しているし，'Maori ladder'（l. 10）は，高木の先端部分から実などを採って食糧としていたマオリの使用した素朴な梯子であるから，第2連が全体としてまず共同体の生の営みに集中していることがわかる．そしてそれは，「警官が訪ねて来ない」，すなわち既成の社会の束縛から離れたところで，素朴なマオリの生活様式に従ってこそ，実現が可能なものであることが強調されている．

しかし，同じ連の最終行では再びオウギビタキが羽ばたき，予兆通り死が訪れる．それは，首都ウェリントンに働きに出たこの地出身の男（マオリ）の無言の帰宅である．従来，マオリは親族を核とする共同体ハプ（hapu），そしてそれらがいくつか集まったイウィ（iwi）を基本的な単位として居住していた．その生活圏は伝統的に，食糧を確保しやすい沿岸部やこのジェルーサレムのような川の周辺など，自然の豊かな地域が多かった．しかし，第二次世界大戦後，マオリは安価な労働力として都市部に移住することが多くなった．「都市マオリ」（urban Maori）と呼ばれるこの人々は，政府が用意した集合住宅に劣悪な条件で暮らす貧困層を形成し，伝統的なマオリ文化から断絶されてゆくことになる．'Their town cousin'（l. 25）であるこの人物も，そうした一人であった．

働いている建築現場の足場が弱く転落したのか，あるいは運転中に故郷のマラエを夢想してカーブに衝突したのか，死因は想像の域を出ないが，三度目にオウギビタキが羽ばたき，マラエに彼の棺が設えられてマオリ式の葬儀 'tangi'（l. 21,「タンギ」）が行われる．そのまわりで涙を流し，悲しみを表すのは再び「子供たち」であるが，死んで戻ってきた男も 'one of the grown-up children'（l. 23）と呼びなおされ，この共同体が母性的な庇護を与える場とされているこ

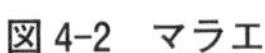

図 4-2　マラエ

図 4-3　プケコ

とがわかる．

と同時に，彼は新たな死者として ‘the old ones on the edge of the marae’（l. 26）に加わる．マラエの集会所の建物には，神々や祖先の姿をかたどった木彫が多く見られる．マオリがここで政治を行い重要な決定を下すときに，生きる者は，これを取り囲む死者たちの知恵を借りるという．共同体は，生者と死者の双方によって形成される，というのがマオリの死生観なのである．マラエ（図 4-2）の地面まで届く屋根は，何羽もの成鳥が次世代を共同保育することで知られているプケコ（図 4-3）という，これもニュージーランドに自生する鳥が雛を翼の下に入れるように，子供たち（つまり生きる子孫）を包み込む．やがて，マラエの中で「立ちのぼる」（‘rise’）葬儀の歌は，‘The dark song of welcome’（l. 29）と呼ばれ，死んだ男が他の死者たちの仲間へと「歓迎」されること，さらには夢や言葉をとおして生者を訪れ，マラエで決められる共同体の振る舞いを「形づくる」（l. 34, ‘shape’）ことが述べられる．こうして彼は，生者と死者の交流の循環の中に組み込まれるのである．

最後の 3 行連で登場する ‘canoe’（l. 37）は，海洋民族マオリの移動手段である木製の手こぎ舟ワカ（waka）を指している．第 12 講で詳しく述べるが，伝承では，マオリの祖先はニュージーランドに 7 艘のワカに乗ってやってきたと言われており，現在でもすべてのマオリは，先に述べたハプやイウィを形成している自分たちの家系を辿ってゆくと最後はこの 7 艘のうちの一つに行き着くことになっている．すなわち，ワカは彼らのアイデンティティでもあるのだ．「子供たち」は，自分たちに襲いかかる現代の猛禽類 ‘the iron hawk and the Vice Squad’s visit’[1)]（l. 38）から逃れ，皆同じワカによじ登る．ここで時間軸は民族の始原まで拡大され，‘On the knees of the marae’（l. 39）という表現は，死した祖先への信仰が彼らをその始原へと導くことを示唆している．

繰り返される言葉

ではセスティーナという形式は，この内容にどのように関わってくるのであろうか．この形式の最も特徴的な点は，同じ単語が何回も使用され，しかもその位置が決められているためにきわめて制約が多いということであろう．内容を理解すると，‘children’ ‘clamber’ ‘wings’ ‘visit’ ‘marae’ ‘[wel] come’ の6語がいずれもこの詩の内容に大きく関わるキーワードになっていることがわかるが，その使われ方は当然のことながら文脈によって変化してゆく．とくにその傾向が顕著で，そのことが，この詩のテーマにつながる ‘clamber’ と ‘children’ の二つの語に注目して考えてみよう．

第1連では，まず2羽のオウギビタキが茨の茎を「登る」．それは来訪または死を予告するもので，実際この後ウェリントンで死んだ男の遺体が予告を実現する．第2連では，「子供たち」が ‘Maori ladder’ を見つけるが，それは「光へと登るため」（‘to clamber/ Up to the light’）（ll. 10-11）のものである．第3連では，男の死因の可能性の一つとして都会で親方の組んだ足場が「上り下りするには弱すぎた」（‘too weak to clamber/Up and down’）（ll. 17-18）ことが挙げられている．先に登場した「マオリ梯子」が食糧を得るために使われ，生を維持する手段となっているのとは対照的に，この足場は死をもたらす脆弱なものであり，導いてくれるはずの親方も彼を救うことができない．

第4連では同じ動詞が，死んだ男の棺の架台を登ろうとする「子供たち」に使われており，生者と死者の愛情に満ちた強い結びつきを示唆する．続いて彼らの「暗い歓迎」の歌がマラエの中に立ち上る様子が二つの比喩で語られ，そのいずれにも ‘clamber’ という動詞が使われる．その一つ目は鳥が登る木で，第1連のオウギビタキの登る木を振り返らせる．そして二つ目は，旧約聖書で天使が上り下りすると記されている「ヤコブの梯子」[2] だ．このことは，バク

1）‘Vice Squad’ は，警察の風俗取締まり班．ジェルーサレムのような対抗文化の共同体は，風紀の乱れや薬物濫用などを疑われ，しばしば捜査の対象となっていた．

2）創世記28章12節．

スターの共同体におけるマオリ文化とキリスト教信仰の共存を思い起こさせる[3]．第2連では，子供たちがマオリ梯子を登って「光」を目指していたが，「ヤコブの梯子」もまた，雲間から射す日光の筋を指すことがある．またキリスト教に属するはずの 'angel'（l. 31）は，マオリ神話の鳥が予告する死の表象 'dark angel's wings'（l. 13）としても登場している．

厳密に考えれば，別のものを指し示すはずの両者の混淆は，ここでは違和感なく受け入れられているようだ．それどころか，続く部分では，天使たちが，ヤコブの梯子を「上り下り」（'clamber/ Up and down'）（ll. 31-32）することが，マオリ世界における生者と死者の交流（生者の歌が「上り」，死者が夢や言葉を通じて「下り」てくる）と呼応する．'clamber' という語の繰り返しによって示唆される上下運動が，両者を重ね合わせるのだ．

最後の3行連でこの動詞は，先に説明したとおり，'the same canoe'（l. 37）に登るという表現の中で使われる．マオリにとって，'canoe' と呼ばれるワカに乗り組むということは，祖先から連綿と受け継がれる血統に連なることを意味するが，注目したいのは，ここで主語となる「子供たち」に 'my' という所有格の指示形容詞がついていることである．'children' という語も繰り返される6語の一つであり，その使われ方は以下のように変化する．

1. the pa children（l. 1）
2. my hungry wandering children（l. 8）
3. one of the local children（l. 16）
4. one of the grown-up children（l. 23）
5. their children（l. 27）
6. her [the earth's] children（l. 36）
7. my children（l. 37）

3と4は都会で死んだ人物を指すことから，それを含む集合体としての 'chil-

3）もともとこの場所は，19世紀にキリスト教の宣教拠点であり，早い時期からキリスト教に改宗したマオリが多く居住していたという背景もある．

dren' は，この地のマオリを指すと考えられる．これに対し，'my' にこのジェルーサレムという共同体の指導者としてのバクスターの，という意味が込められていると考えられる2と7は，彼自身が白人入植者の子孫であることから，マオリに限定されるとは考えにくい．ここに集まっているマオリとパケハの両者から成る共同体が，一つのワカに乗り組むとすれば，そのワカは，血縁だけでつながるのではない，現代のニュージーランドという混淆の共同体を許容する，より理念的な容れ物になるのではないか．1の 'pa children' も，2と重なるとすれば，パをワカ同様に捉えている．そう考えれば，6の「大地の子ども」が，さらにこれを拡大した呼称であることともつながってゆくであろう．'children' という同じ語を変容させながら繰り返し使うという，ある意味ではより困難な形式を用いることで，バクスターは自身の共同体の考え方を巧妙に表現したのである．

この共同体の性質についてさらに考えるために，ここでバクスター自身の生涯を振り返ってみたい．バクスターの生い立ちと彼の生きた時代のニュージーランドを視野に入れることで，'The Dark Welcome' はより深く理解できると考えられるからだ．

バクスターとニュージーランド社会

バクスターの詩人としてのデビューは早い．オタゴ大学入学直前，17歳のときに大学主催の詩のコンテストに優勝，同年，第一詩集が出版されたのだ．さらに翌年には，詩人・批評家アレン・カーナウ（Allen Curnow, 1911-2001）が編纂したニュージーランド現代詩のアンソロジー[4]にそこから6篇が収録された．カーナウの長い前書きには，宗主国だったイギリスの強い文化的影響を脱し，ニュージーランド固有の文学を確立，発信しようという強い意志が表れており，とくに，その若き担い手として，バクスターについてはかなりの紙幅を割いて紹介している．彼の才能にいち早く注目したカーナウの慧眼は疑うべくもないが，バクスターの育った境遇を考えると，このことはやや皮肉な意味

4）Allen Curnow, ed., *A Book of New Zealand Poetry 1923-1945*（Christchurch: Caxton Press, 1945）.

合いももっていた．

ジェイムズ・K・バクスターは，1926年にニュージーランド南島ダニーディンに生まれた．両親は，ともにスコットランドからの移民だが，二つの家系は大きく異なっていた．父方の曾祖父母は西スコットランド，ビュート島のゲール語話者で，1860年にオタゴ地方に3人の子供を連れて集団入植した．厳しい肉体労働によってぎりぎりの生活を維持する日々で，ジェイムズの父アーチボルドは学校に通うこともままならずに一家の働き手の一人となり，社会主義に傾倒していった（ジェイムズのミドルネームK.はKeirの略であり，スコットランドの社会主義者ケア・ハーディに因んでいる）．

一方，母方の祖父ジョン・マクミラン・ブラウンは，ニュージーランド高等教育草創期の1874年にカンタベリー大学の古典と英文学の教授として招かれ，この地に足を踏み入れた．オーストラリア生まれの祖母ヘレンは彼の教え子で，カンタベリー大学初の女子学生であったばかりか，イギリス帝国初の女性優等卒業生（1881年）として記憶される人物である．23歳から12年間にわたり，クライストチャーチ女子高校の校長を務めた．ジェイムズの母ミリセントは，スイスやオーストラリアの学校に短期間通った以外は家庭で教育を受け，シドニー大学を卒業した後，ケンブリッジ大学に学んだ．

同じスコットランド出身とはいえ，二つのまったく異なる家庭環境に育ち，ほとんど接点がないはずのジェイムズの両親が出会ったのは，第一次世界大戦後のことである．この大戦においてアーチボルドは，自らの社会主義思想に従って良心的兵役忌避者となることを選択した．旧宗主国イギリスと協力して戦うことで，自らの存在を国際社会に示そうとした若い国ニュージーランドにとって，これに協力しない人間は許しがたい存在と映った．戦時中，きわめて残虐な拷問と非人間的な扱いを受けたアーチボルドは，戦後も市民権を剥奪され，有形無形の社会的制裁と闘うことになった．彼が書いた文章を新聞で読み，その思想に共鳴したミリセントは，面識のないアーチボルドに会いに行ったのである．双方の家族の懸念と反対にもかかわらず，二人の結婚は長く幸せなものになったが，反戦主義を貫いた一家は社会から徹底した疎外，差別を受け，極貧のアウトサイダーであり続けた．

第二次世界大戦中には，兄が兵役忌避で拘留され，ジェイムズも敵意に満ちた学校に通えなくなった．しかし，この間多くの詩を読み，自らの創作活動も本格的に開始した彼に訪れた転機が，先に述べたコンテストでの優勝と作品の出版であった．ずっと彼と彼の家族を疎外し続けてきたニュージーランド社会が，自国を代表する詩人の一人としてバクスターをもてはやしたことは，彼に共同体と文学の関係について考えさせることになった．

こうして詩人として脚光を浴びる一方，若いバクスターは失恋を経験し，アルコール依存に陥り，大学を中退する．その後，工場，病院などでの肉体労働と大学への復帰を繰り返し，地理的にはダニーディンからクライストチャーチ，ウェリントンへと移動，無宗教の家庭に育ったのがアングリカンに入信，さらにカトリックに改宗するという変転の連続とも言うべき人生を歩み始める．幼少時から，二つの異質な世界の存在を両親の背後に見ていたバクスターは，さらにニュージーランド社会の多様さを経験するような生き方を自ら選択したのである．

この過程でバクスターが知るようになったニュージーランドの重要な構成要素が，マオリとその文化であった．1947年に彼は，後に詩人，作家となるマオリ女性，ジャクリーン・スターム（Jacqueline C. Sturm, 1927-2009）と結婚する．スタームは，生まれてすぐ母を亡くし，白人家庭の養女として育てられた女性で，1949年にマオリ女性初の大学卒業者となった．初めてパケハ女性が大学を卒業した1877年[5]からすでに70年以上が経過していたことが，当時のマオリの状況を物語っているだろう．1950年代に入り，バクスターは教育図書出版の仕事を通じてマオリの子供たちの実態を知った．詩の中にも描かれたとおり，この頃のマオリは伝統的な居住地域を離れ，都市部へと移動し始めていた．民族の文化伝統からは隔絶され，パケハ社会では同化を求められつつ周縁的な位置しか与えられないマオリの子供たちの姿に，バクスターは強い関心と憂慮の念を抱いた．同時に，この仕事を通して知ったマオリの伝統的な生活や信条に深い敬意と共感をもつようになる[6]．

5）ケイト・エジャー（Kate Edger）がニュージーランド大学（University of New Zealand）から学士号（B.A.）を授与された．バクスターの祖母ヘレンがその3年後に続き，翌1881年優等の学位を修了した．<https://nzhistory.govt.nz/people/kate-edger> 2017年1月12日最終閲覧．

1961年に，再びカーナウが現代詩のアンソロジーを編んだとき，バクスターの態度はその編集方針に批判的なものであった．その理由は，カーナウが15年の時を挟み，依然としてニュージーランド独自の詩というものの存在へのこだわりを編纂の方針の中核に置いていたことにある．バクスターは，1950年代に現れ始めたニュージーランド詩の新しい声は，より広い題材，洗練された形式，マオリへの関心などに特徴づけられるもので，もはや前世代の「自意識的なニュージーランドらしさ」（'self-conscious New Zealandism'）を脱し，「たまたまその時代，その土地に生きる者」（'people who happened to live in a given time and place'）として詩作を行うのだとしている[7]．すでに「ニュージーランドらしさ」と呼べるような一枚岩の意識が不可能であることを，バクスターははっきりと感じ取っていたのである．

個人・社会・文学

再び，'The Dark Welcome' を振り返ってみよう．この詩に，マオリの文化や信仰への憧憬が描かれていることは疑いないが，それはあくまでもはや植民地化以前の世界に回帰することができない現代ニュージーランドを背景とするものであった．都会に出たマオリの死や対抗文化の集団を監視する警察の影がそれを如実に表している．都市部で急速に展開する，パケハを中心とした資本主義社会にバクスターは強い反発を感じ，そこで疎外される人々に心を寄せたが，それはマオリに限らなかった．ジェルーサレムは，マオリ，パケハの隔てなく，周縁化された人々が形成する理想主義的な共同体として構想されたのである．その意味で，詩の中に散りばめられたマオリ語やそれが表象するマオリ文化も，おのずと本来のそれとは変化したものにならざるを得ない．このことと，同じ語が意味を変化させながら繰り返し使われるセスティーナという形式が共振する．とくにニュージーランドらしいとも思えないヨーロッパ由来の古い形式を採用することで，バクスターは彼の呼吸した時代を表現したのである．

1960年代後半の世界的な公民権運動，反戦運動，対抗文化の盛り上がりに

6）Frank McKay, *The Life of James K. Baxter* (Auckland: OUP, 1992), pp. 152–3.

7）James K. Baxter, 'The Kiwi and Mr. Curnow' in *James K. Baxter as Critic*, Frank McKay, ed., (Auckland: Heinemann Educational Books, 1978), p. 196.

呼応し，ニュージーランド社会にも大きな変化が訪れようとしていた．マオリの民族運動もこのあと本格化してゆく．バクスターの目指した理想の共同体は，その先駆けの一つであったが，現実にはその運営は決して上手くいったとは言えず（皮肉なことに，経済的困窮がその大きな要因だった），1972年のバクスター自身の突然の病死と同時に，わずか3年で終息した．'The Dark Welcome' の中のそれは，マオリとパケハの文化を柔軟に内包し，さらにそれが流動し変容するプロセスを許容する緩やかな枠組みとして描かれた．セスティーナという詩形は，この共同体の捉えどころのなさを表現していたとも言える．そしてまた，それはバクスターが1961年にいみじくも指摘していた，安易な定義を拒否するようなニュージーランド詩の定義，「たまたまその時代，その土地に生きる者」として書くこととも合致していたのである．

そして，もう一つこの詩が，死をその中心に据えていることに注目しよう．都会で不慮の死を遂げるマオリの姿は，バクスターが同時代のニュージーランド社会に対して抱いていた怒りや失望を映しているとも考えられる．しかし，この詩の中では，死を起点とすることで，死者を視野に入れた霊的な交流が始まる．すなわち，それは共同体の再生の儀式である，と捉えることもできる．その際，セスティーナという繰り返しを特徴とする形式は，この詩を一種の典礼に昇華させる効果をもつことになる．バクスターの中で，形式と内容は，分かちがたく結びついていたのである．

[詩人紹介]

ジェイムズ・K・バクスター（James K. Baxter, 1926-72）

ニュージーランド，ダニーディン生まれ．詩人，劇作家，批評家．経歴については，本文参照．作品は，生と死，罪と贖い，芸術と社会など，しばしば根源的な主題を扱った．詩集に，*Beyond the Palisade*（1944），*The Fallen House*（1953），*Pig Island letters*（1966），*Jerusalem Sonnets*（1970）など．没後，*Collected Poems*（1980），*Collected Plays*（1982），批評集 *James K. Baxter As Critic*（1978）などが出版された．

[作品が収められた詩集]

Baxter, James. K. *Collected Poems*. John Weir, ed. Auckland: OUP, 1980.

[読書案内]

McKay, Frank. *The Life of James K. Baxter*. Auckland: OUP, 1990.

McKay, Frank, ed. *James K. Baxter as Critic*. Auckland: Heinemann Educational Books, 1978.

Newton, John. *The Double Rainbow: James K. Baxter, Ngati Hau and the Jerusalem Commune*. Wellington: Victoria UP, 2009.

[ディスカッション]

本講では，作品を分析する際，バクスターの生涯と彼の生きた時代のニュージーランドを考慮に入れましたが，もちろんそうした方法をとらない読み方もあります．詩を読むときに詩人の伝記情報はどれほど必要でしょうか．またそうした情報が詩の自由な読解の妨げになる場合はあるでしょうか．

■第５講　劇的独白

剃刀とシャーベット

サイモン・アーミテージ「スグリの実のなる季節」

中途から始まる詩

Which reminds me.

サイモン・アーミテージ（Simon Armitage, 1963-）の詩，'Gooseberry Season'（「スグリの実のなる季節」）は，いきなり上のような一文で始まる．正確には文とは言えない，この言い回しは，「それで思い出した」とか「そう言えば」といった意味の口語的な用法なのだが，通常，これに先立つ文章やその一部を先行詞代わりに，緩やかな話題の推移をもたらす役割をもっている．この詩における用法の特異な点は，それが冒頭に置かれていて，先行詞に当たる部分がないことである．このことは，読者にどのような印象を与えるだろうか．誰かが人々を前に何かを語っている．前半は聞き逃したが，途中から参加した聞き手の気分になり，ここから始まる後半に集中しよう，と思うのではないだろうか．それで，何を思いだしたのだろう，と．

その内容は，続いて明かされる．

Which reminds me. He appeared
at noon, asking for water. He'd walked from town
after losing his job, leaving a note for his wife and his brother
and locking his dog in the coal bunker.
We made him a bed

and he slept till Monday.

(ll. 1-6)

誰とも説明することなく，‘he’（「あいつ」）を登場させて物語は始まる．町から歩いて来たんだ，水をくれないかと頼む様子を，私たちは想像する．町からはかなりの距離があるのだろうか，季節はいつなのだろう，などと考えながら．続く彼の身の上は，男自身が語ったものだろう．仕事を失い，妻と兄弟にはメモを残しただけで，飼い犬は石炭置き場に閉じ込めて出てきた，というのだ．おそらくは犬が吠えたり自分を追いかけて来たりしないように，という目的で一時的にそこに入れておいたのだろうと推測できる．妻と兄弟には，なぜ直接話すことなく，メモを残したのだろう．そもそもどのような事情で職を失ったのか．そうしたことに一切の説明はないが，‘we’（「私たち」――これは，夫婦と子供２人の家族だと後に明かされる）は男にベッドを用意し，彼はそこで月曜まで眠りこける．彼が求めたのは水一杯だったが，一家は親切にベッドを用意する．そうでもしなければいられないと感じるほどに，彼は疲れ果てていたのかもしれない．

「月曜まで眠った」という表現は，男の来訪が例えば前日の日曜の昼であったとすれば，やや不自然だ．「翌日まで眠った」というような言い方になるのではないだろうか．では土曜あたりだろうか．妻と会話をせずにメモを残すとすれば，彼女が眠っている間に出てきた可能性が高い．金曜の終業時にクビを言い渡され，妻には言い出せないため（酒場で憂さを晴らすなどして）彼女が眠った後に自宅に戻り，メモだけ残して出てきた．昼まで歩けばかなりの距離になり，疲労と睡眠不足で月曜まで目が覚めない，といった筋書きだろうか．もちろん，こうした詳細は一切語られず，説明が少ない分，読者は想像をたくましくするのだ．

「あいつ」がこの家に滞在したのは，目を覚ました月曜まででではなかった．

> A week went by and he hung up his coat.
> Then a month, and not a stroke of work, a word of thanks,
> a farthing of rent or a sign of him leaving.
>
> (ll. 7-9)

彼のコートは，１週間経ったところで，壁に掛けられた．水を受け取ったときに家の入り口近くのどこかに脱いだのであろう．それがそのままになっていたことは，男の滞在が長いものにならないと予想されていたことを意味する．1週間いるとわかっていれば，最初からコートは掛けられたはずだ．しかし，1週間経ったところで彼は自分でコートを掛ける．これは，さらに長い滞在を宣言していることにならないだろうか．親切な家の人々がどういう反応を示したのか，この時点では明らかにされない．

次の行ではすでに1ヵ月が過ぎており，彼が働こうともせず，感謝の言葉もなく，家賃を払うでもなくただ際限なく居候を続けていることが初めて明かされる．とりたてて感想が述べられているわけではないが，あれもない，これもない，と本来そのくらいはあってもよさそうな常識的な行動の欠如が列挙されることで，「あいつ」の本性が読者にもだんだん見え始める．と同時にこんな厄介者を家に入れてしまい，この後どうなるのだろう，と心配にもなってくる．

それでも，時には何か役に立とうとすることもあるらしく，ある夜，彼は種の入らない，なめらかなスグリのシャーベットの作り方について話し始める．この話題は，いかにも唐突で読者の印象には残るが，語り手の一家には少し遅すぎたようだ．

> One evening he mentioned a recipe
>
> for smooth, seedless gooseberry sorbet
> but by then I was tired of him: taking pocket money
> from my boy at cards, sucking up to my wife and on his last night
> sizing up my daughter. He was smoking my pipe
> as we stirred his supper.
>
> (ll. 10–15)

息子とトランプをして小遣いを巻き上げたり，妻に「取り入ったり」（'sucking up to'）ついには娘の「値踏みをしたり」（'sizing up'），男はとんでもない厄介者だったのだ．そして，家族が彼のために夕食を用意している間に，彼は「私の」パイプを吹かした．「私たち」が「あいつ」のための夕食を用意し，その間「あいつ」が一家の主（あるじ）のようにくつろいでいるというのは，明らかに立場が逆転した構図だ．しかも，パイプは他人と共有する物ではない，きわめて個人への帰属が強い道具だ．「私」が食後の楽しみにしていたかもしれない一服のひとときを，先に居候に占有されたのだ．読者が次の部分に予想するのは，激しい怒りの爆発であろう．

しなかった忠告

しかし，次の一連は，それまでの時間軸に沿った語りを中断し，まったく違った内容を挿入して私たちを驚かせる．

Where does the hand become the wrist?
Where does the neck become the shoulder? The watershed
and then the weight, whatever turns up and tips us over that razor's
edge
between something and nothing, between
one and the other.

(ll. 16-20)

「手」と「手首」の間，「首」と「肩」の間に明確な境界線を引くのは難しい．しかし両者がそれぞれ別のものと認識されるなら，そこに何らかの「分水嶺」が存在するはずだろう．その「剃刀の刃」のような細い一線が 'something and nothing', 'one and the other' を区別する．そして，その一線を越えるのにかかる重みは，表面張力で震える水に落とされ，一気にそれを溢れさせる最後の一滴のごとく，ごく僅かなものかもしれないが，一度それが加えられたら，境界の向こうへと転がる動きを止めることは不可能だ．この謎めいた，しかし鮮烈な印象を残す一連は，どうも「私」が「あいつ」にしなかった忠告らしい．

I could have told him this
but didn't bother. We ran him a bath
and held him under, dried him off and dressed him
and loaded him into the back of the pick-up.
Then we drove without headlights

to the county boundary,

dropped the tailgate, and after my boy
had been through his pockets we dragged him like a mattress
across the meadow and on the count of four
threw him over the border.

(ll. 21-30)

‘didn’t bother’（「わざわざしなかった」）という表現に，「私」の態度の微かな変化が感じ取れる．相手にできる限りの親切を，時には求められる以上の善意を以て行ってきた「私」が，まるで面倒だから，というようにこの「忠告」を伝えないのだ．それはなぜなのだろう，と思うまもなく，この後は息もつかせぬ展開になる．

食事の次は，風呂まで用意してやった（‘We ran him a bath’）のかと思っていると，次の行で一家は，その風呂に男を沈めてしまう．乾かして服を着せるという，これまでの親切を思わせる世話の焼き方が恐怖心をかきたてるが，トラックの荷台に載せるときの ‘loaded’ という運搬物に使用する語から，男はすでに死体になっていることがわかる．一家が協力してヘッドライトも点さず，州境まで運ぶ手際は，何らの葛藤も躊躇も感じさせない．小遣いを取られた息子が，最後にポケットの中身を一つ一つ点検するのは，ほとんどブラック・ユーモアさえ感じさせる徹底ぶりである．そして，4人はマットレスのように死体を牧草地の向こうまで引きずった後，四つ数えて調子を合わせ，州境の向こうに投げ込むのである．

わざわざ州境を越えさせたのは，殺人事件の捜査を攪乱させるためであろう．しかし，同時に私たちはこれに先立つ「忠告」の中の ‘razor’s edge’ という境界線を思い起こす．男にとってこの州境は，生死の境界であり，また世話になったこの一家との縁の切れ目でもある．そして，それを越えさせるちょっとした最後の重みは，娘を値踏みした目つきであったか，主のパイプを勝手に使ったことか，いずれにしてもそれまでの小さな横柄さの積み重ねがあってこそだったのである．そしてまた，この境界線を越えて死体を投げ込んだことにより，それまでの善良な家族は，一気に暗い秘密を抱える共犯者に変わってしまう．

さらに，そのことを身体の比喩を用いて説く語り手は，それまでの，我が物顔の居候に翻弄される様を淡々と報告し，怒りが頂点に達しても ‘I was tired of him'（「あいつには辟易した」）としか言わないおとなしい人物とはうってかわった冷酷さを感じさせる．それを相手にはあえて伝えず，死体として越境させることで実現してしまうという展開がその直後に続けばなおさらである．

物語る理由

最後の連で語りは，一定の時を経て，この事件を全体として振り返っている．

This is not general knowledge, except
in gooseberry season, which reminds me, and at the table
I have been known to raise an eyebrow, or scoop the sorbet
into five equal portions, for the hell of it.
I mention this for a good reason.

(ll. 31-35)

'This' は，これまでに語られた事件の顛末全体を指し，'general knowledge' は，「世間の知るところ」であって，つまりこの話は一般には知られていない，ここで語られた犯罪はまだ露見していないということになる．ただその例外として，スグリの季節になると，「そう言えば」と前置きしてこうして語られることがある，というのだ．この前置きは，読者を冒頭に引き戻す．私たちは自分たちが，ちょうど事件が起きたのと同じスグリの季節に，その当事者から秘密を打ち明けられているような気になり，テーブルで「私」が「片眉を挙げ」（'raise an eyebrow'）たり，「戯れに」（'for the hell of it'）4人家族のはずなのにスグリのシャーベットをきっちり五つにつけ分けたりするのを，その場で目撃しているような気がしてくる．

「片眉を挙げる」というのはごく僅かな表情の変化であり，驚きや疑念，軽蔑を表す複数形の 'raise one's eyebrows' に比して，しばしば否定形を伴ってほとんど片方の眉も挙げない，というような使い方をされることが多い．ここで何か眉を挙げる理由があるとすれば，この驚くべき事件を聞かされている方であるはずで，語り手が一瞬そのような表情を見せるとすれば，それに何が込められているのか，簡単には読めない．続く部分のシャーベットは，第二連の最終行から第三連にかけて殺された男が伝授した作り方に従ったものであろう．

何も貢献しようとしなかった男から，それだけは得たということか．いや，自分たちが殺した男が唯一遺したものを，この家族は作り続けているのだろうか．しかも，これらのことを語り手はわざわざ ‘I have been known to...’ と語りの一部に含み，こうした場面が過去にも繰り返されたらしいことを印象づけようとしているのである．

事件の結末部分を一気に語る直前の三つの連から一転して，この連で読者は読むスピードを落とし，時間をかけて語り手の真意を探り始める．そして，最終行，

I mention this for a good reason.

で，いつのまにか自分たちが登場人物として語り手の前に座り，直接警告されていることに思い至る．‘this’ は，この連の内容を指すと考えられるが，その中にはそれまでに語られた秘密の告白を聞いてしまったことも含まれる．「そう言えば」でさりげなく始まる物語に引き込まれて，はらはらしながら楽しんだ私たちは，ちょうど出されたシャーベットを遠慮なく味わい，その後でその由来を聞き，急にその冷たさに背筋が寒くなるような経験をするのである．‘for a good reason’ は，ちゃんとした理由がある，ということだ．この物語を聞かされる理由とは何だろうか．帰って他の人にしゃべれば，いずれは警察が嗅ぎつけ，語り手の身にも捜査の手が及ぶはずのこの話を．そう，この物語こそが五つ目のシャーベット，それを差し出された聞き手は，本当はそれを食べるはずだった男と同じ運命を辿ることを宣告されていることに，最後の最後で気づくのだ．

剃刀の刃

だが，と私たちは思うはずだ．明らかに厚かましい侵入者であった「あいつ」ならともかく，なぜ話を聞いていただけの私たちが……と．男が聞かされなかった忠告を，ここで私たちは思い返す．越えてはならない一線は，薄い剃刀の刃に喩えられていた．あまりの薄さに，その存在に気づかなかったとしたら，どうだろう．この男は，本当にそんなに悪い人物だったのか．ただ親切な

家族の好意に甘えて，調子に乗っていただけではなかったのか．その場の居心地の良さに身を任せ，そのことで周囲の人間がどのような反応を示しているのか気づけない人間は，この薄い刃に気づくこともできないだろう．いつそのような振る舞いをしてしまっているか自分ではわからないとすれば，それが私たちには当てはまらないとは，言い切れないはずだ．剃刀の刃は，薄ければ薄いほど切れ味が鋭い．私たちは「手」と「手首」，「首」と「肩」という身体を使った表現を，ここで初めて喩え話としてではなく，自分の身体に当てられた冷たい刃のように実感することになるのである．

一方，「剃刀の刃」の比喩を以て警告を発する語り手は，公正な裁き手と言えるだろうか．ずうずうしい居候に制裁を加え，その様子に固唾を飲んで耳を傾ける聞き手にもその矛先を向けて静かな脅しをかける「私」の口ぶりには，絶対的な力を掌握する者の残酷な快感がにじむ．詩の前半でいつの間にか一家を支配していたのは，「あいつ」であった．それが境界線を挟んで無力な死体として転がされる．加害者と被害者がいとも簡単に入れ替わり，それに伴って力の所在が移動することで，私たちは，善と悪そのものが相対化された危ういバランスの上に置かれることを意識する．善意だけでできた無垢な人々に見えた前半の家族の中に，後半の冷酷な犯罪へとエスカレートする暗い憎悪は確実に醸成されていたはずだ．遡及的に殺人を正当化する「あいつ」の描写さえ，語り手の言葉によってのみ構築されているのである．

'Gooseberry Season' のように，誰か特定の人物が，一人称でほかの誰かに語りかける設定で書かれた詩を，「劇的独白」（'a dramatic monologue'）という．詩は，演劇と密接な関係をもって発展してきた．この台詞仕立ての詩の伝統も，ギリシア演劇にまで遡るものである．「劇的独白」の名手として知られるのは，19 世紀の詩人，ロバート・ブラウニング（Robert Browning, 1812-89）で，ある人物が一人称で，自分について，他人について，さまざまな事柄について語り，読者は少し距離を置き，語り手には意識されない聞き手として，語り手の人物をその言葉をとおして観察，分析することになる．

例えば，最もよく知られる 'My Last Duchess' は，中世イタリア，フェラーラの公爵が客人に屋敷の美術品を紹介する一人称の語りから成る．このジャンルの面白さを堪能できる秀作なので，ぜひ読まれることをお勧めするが，読者はもちろん，中世のイタリアに生きているわけではないので，いわば語りかけられる客人（別の貴族の使者）の肩越しに，姿を見られることなく会話を立ち聞きしているようなスリルと優越感を覚えることになる．

'Gooseberry Season' の，'Which reminds me.' という冒頭の口語的で相手を引き込む一文に始まり，突然の来訪者の素行を日常的な場面から平易に描写する語りに耳を傾けるとき，私たちはまずは聞き手である．その際，当然のことながら，自分たちは物語の外の離れた（暗い）観客席に座っていると思っている．聞き手は，特定されないことで語り手に優位を保つことができていたはずだ．それが最終連に至って突然スポットライトが当たり，自分たちこそが語り手が忠告を送っていた相手だと気づいて震撼する，という巧妙な構造をこの詩はもっている．サイモン・アーミテージという詩人は，「劇的独白」の技法を駆使しつつ，読者に観客と登場人物の両方の役割を担わせ，絶対的な力を与えると見せかけてするりと足下をすくう．そう，ここにも剃刀の刃は隠されている．どこに逆転の契機が存在するのかわからない，その不安定さ，緊張感こそがこの詩の醍醐味なのだ．

聞く詩，読む詩

'Gooseberry Season' を耳で聞く詩としてさらに辿ると，さまざまな技巧に気づくことができる．その一つが，同じ音や同じような構文の列挙だ．第一連では，男がこの家にやってくるまでを '*l*os*ing* his job, *l*eav*ing* a note..., *l*ock*ing* his dog...' と三つの 'l' 音で始まる現在分詞を重ねて，テンポよく描写し，しかも彼の行動の妙な手際よさに一抹の胡散臭さを感じさせる（以下，音韻を強調するイタリックはすべて引用者）．第二連では同じような列挙が，今度は 'not *a* stroke *of* work, *a* word *of* thanks, *a* farthing *of* rent or *a* sign *of* him leaving' というように，不定冠詞 'a' に導かれ 'of' を含む四つの名詞句で彼が怠った事柄について使われ，男の厚かましさが目の前に累積されるように感じるし，第三連では，'tak*ing*'，'suck*ing*'，'siz*ing*'，'smok*ing*' と再び現在分詞が並べられる．

さらにはこの四つの現在分詞のうち後ろの三つが 's' 音で始まり，この連の1行目，'*s*mooth, *s*eedless gooseberry *s*orbet' と，最終行の 'as we *s*tirred his *s*up-per' と頭韻（alliteration）を成す．'s' 音は，男自身の言葉に始まるが，その部分ではさらに sm*oo*th, s*ee*dless, g*oo*seberry, s*or*bet と四つの長母音が連なり，ちょうど種のないなめらかなシャーベットのように，大きな抵抗を感じさせることなくいつの間にかこの家に居座った男の存在感が，危険な蛇の出す音のように密やかにしかし執拗に耳を刺激する．これと一転して第五連から始まる復讐の場面では，頭韻が 'dr' という音に変化する．'*dr*ied'，'*dr*essed'（l. 23），'*dr*ove'（l. 25），'*dr*opped'（l. 27），'*dr*agged'（l. 28）と，重く泡立つような音がこれだけ続けば，一家の押し殺した感情が無機的な作業の過程の下に渦巻いていたことは，くどい説明を加えられるよりはるかに雄弁に印象づけられる．一度，声に出して読んでみることで，この効果ははっきりと感じられるであろう．

　さて，事の経過の語りを一度離れたように見える第四連にも同じような効果はあるだろうか．ここでも 'Where does ...?'（ll. 16-17）で始まる疑問文が重ねられている．また，後半にも 'between something and nothing, between / one and the other'（ll. 19-20）という明らかな繰り返しがあり，前半同様の効果を見て取ることができる．しかし，この連の構成は，もう少し複雑だ．二組の繰り返しに挟まれた真ん中の一行にも 'The *w*atershed and then the *w*eight' '*t*urns *u*p and *t*ips *us*' と and でつながれた二組の頭韻つきの語がある．音を離れれば，この連はほとんど大小の対ばかりできていることがわかる．

Where does ...? / Where does ...?
the hand / the wrist
the neck / the shoulder
The watershed / the weight
turns up / tips us
between... / between...
something /nothing
one / the other

その例外が，'that razor's edge'（l. 18）である．当然であろう，この剃刀の刃こそが，二つのものの間に存在する細い境界線だからだ．そうしてみると，この語は，この連のちょうど真ん中に位置してその前後を隔て，さらにこの連自体が，七連あるこの詩の真ん中の連，男が家に入り込む前半と一家が反撃に転ずる後半のちょうど間に位置することに気づく．この詩の中で，一番長い行でもある18行目の先端に，鋭い刃を光らせて屹立するように 'that razor's edge' という語が置かれている．このことは，時間軸に従い，耳を使ってこの詩を聞くことだけでは感じ取れない．

そうしてみると，物語の部分である前半の三つの連，後半の二つの連の間には文がまたがっていて，切れ目がないことがわかる．このことは，シャーベットの比喩と同じく，事の展開のなめらかさを巧妙に表現しているが，詩の朗読は，必ずしも連ごとに区切ることを前提としていないので，ここではむしろ視覚的な効果が大きいと言えるだろう．第三連の終わりとこの第四連の終わりにはピリオドがあり，この連が，詩の構造としても他から独立して境界線の役割を果たしていることが示されるのだ．

では，最後の連はどうだろう．上と同じように，第六連はピリオドで終わり，この連は独立して存在している．事件の経緯の語りがいったん終わり，年月を経てその全体を 'This' で括って振り返るこの連にふさわしいだろう．しかし，一方で，先にも述べたとおり，物語はまだ終わっていない．聞き手を取り込んでまだ展開してもいるのだ．そのことは，'scoop the sorbet'（l. 33）で 's' 音と長母音の繰り返しという第三連との音韻的類似が再び登場することと呼応する．最終行の 'good reason' が，タイトルの 'gooseberry season' と頭韻（good-gooseberry）と脚韻（reason-season）でつながり，さらに話の継続性を思わせる 'Which reminds me.' で詩は円環を成す．恐ろしい物語は次の聞き手を得ることで，季節の循環のようにいつまでも繰り返されることが示唆されるのだ．

私たちはこの詩をテクストとして読むことで，その周到な構成を理解する．物語の中で登場人物へのしなかった忠告であるという設定であった第四連は，語り全体のエッセンスを内側から照射する暗喩として詩の中心に置かれていた．最後の一連もまた，今度は物語の外側から全体を捉え直す位置を与えられている．その一方で，聞き手としての私たちは，実はそこがまだ物語の一部であり，安全な観客席から手に汗握る物語を聞いていたはずが，いつの間にかその内部に取り込まれ，冒頭に連れ戻されるのを経験する．

こうしてこの詩は，同時に読まれるテクストでありつつ聞かれる語りであることにより，その間を行き来する私たちに断絶と連続，剃刀の鋭さとシャーベットのなめらかさの両方を味わわせ，眩暈にも似た高揚を感じさせる．これもまた間違いなく，詩を読む喜びの一つなのである．

[詩人紹介]

サイモン・アーミテージ（Simon Armitage, 1963-）

イングランド，ウェストヨークシャー生まれ．マンチェスターで保護観察官として勤務しながら詩作を開始し，貧困や犯罪に蝕まれる都市部の現実を，俗語や大衆文化の比喩を駆使して描き出した．詩集に *Zoom!*（1989），*Kid*（1992），*Xanadu*（1992）など．演劇作品，テレビ，ラジオの脚本，小説も執筆しており，中世文学からの翻訳でも知られる．2015 年よりオクスフォード大学詩学教授．The Scaremongers のメンバーとして音楽活動も行っている．

[作品が収められた詩集]

Armitage, Simon. *Kid*. London: Faber, 1992.

[読書案内]

Armitage, Simon. *Xanadu: A Poem Film for Television*. Newcastle upon Tyne: Bloodaxe, 1992.（映像 <https://www.youtube.com/watch?v=w7spYcNnLvU および https://www.youtube.com/watch?v=T8tq7yjk634>）

アーミテイジ，サイモン『キッド』四元康祐・栩木伸明訳，思潮社，2008.

ブラウニング，ロバート『対訳 ブラウニング詩集』（イギリス詩人選 6），富士川義之編訳，岩波文庫，2005.

[ディスカッション]

この作品では，横暴に振る舞う「あいつ」，自分の立場から都合よく物語を占有する「私」，そして秘密の物語を手にする読者のいずれも，その存在は転落の危険と背中合わせにあり，絶対的な権力をもつことはできません．では，すべての背後に黒子として存在する詩人自身はどうでしょうか．一般に「劇的独白」において，詩人は語りに対してどのような位置を占めるかについても，考えてみてください．

■第6講　韻　律

発音と綴りの政治学

リントン・クウェシ・ジョンソン「歴史をつくる」「ソニーの手紙」

ダブ・ポエトリー

1970年代，レゲエ音楽にルーツをもつ新たな英詩のジャンル，「ダブ・ポエトリー」（'Dub poetry'）が誕生した．「ダブ」とは，既存の音楽の楽器演奏部分を取り出してリミックスすることで，とくにドラムとベースによるビートを強調したものは，'riddim'（「リディム」）と呼ばれる．「ダブ・ポエトリー」は，主にこの「リディム」に合わせて朗読されるカリブ英語による詩である．同様に「ダブ・ミュージック」に合わせて歌ったり語ったりする 'deejaying'（「ディージェイ」）が高い即興性を有するのに対し，予め書かれたテクストが用いられる点に特徴があるが，両者には政治的なメッセージ性などの共通点もある[1]．

カリブ地域で生まれたダブ・ポエトリーは，時を置かずにイギリス[2]で広まったが，このことには，第二次世界大戦後のイギリス帝国の解体とこれに伴う人の移動が大きく関わっていた．それまでイギリスの植民地だった国々では，独立前後の経済的・社会的混乱の中で，多くの人々が，それまで「本国」と呼ばれてきた帝国の中心，イギリスを目指した．しかし，移住した先での彼らの生活環境は，人種差別と貧困に苛まれ，劣悪を極めた．一方で，不況や失業に苦しむ白人貧困層は，自分たちの不遇の原因が急増する他者である非白人移民にあるとし，敵意を露わにした．とくに1979年からのサッチャー保守政権下では，両者の緊張が高まり，数々の騒擾事件が起こった．

1）David Dabydeen, John Gilmore and Cecily Jones, eds., *Oxford Companion to Black British History*（Oxford: OUP, 2007），'Dub poetry'.

2）カナダのトロントもまた，リリアン・アレン（Lillian Allen）などのダブ詩人（Dub poets）が作品を発表する都市として知られている．

「ダブ・ポエトリー」という名称を最初に使ったとされ[3]，その代表的な詩人の一人であるリントン・クウェシ・ジョンソン（Linton Kwesi Johnson, 1952-）は，ジャマイカのチャペルトンという小さな町に生まれた．両親の離婚により祖母に育てられたが，1963年，先に移住していた母と暮らすために11歳でイギリスに渡った．ジョンソン母子の住むロンドン郊外の町ブリクストン（Brixton）には，同じようにカリブ地域からやってきた非白人（アフロ・カリブ系）移民が数多く住んでいた．少年時代のジョンソンは，日常的に繰り返される人種差別の現実を経験し，やがて反差別の政治運動に参加するようになり，同時に詩作を開始する．初めは，授業で読んだ伝統的な英詩のスタイルを真似ていたというが，やがて自らの出自を表すカリブ英語で書き，その出自ゆえに自動的に差別される非白人の現実を題材とした詩を書くようになる．彼にとって「書くことは政治的な活動，詩は文化的な武器」（'Writing was a political act and poetry was a cultural weapon'）であった[4]．

本講では，'Mekin Histri' と 'Sonny's Lettah' という二つのジョンソンの作品を読み，ダブ・ポエトリーの言語，内容，そして音楽に合わせたパフォーマンスについて考えてみたい．

自分たちの英語

'Mekin Histri'（「歴史をつくる」）という詩のタイトルは，ジョンソンらアフロ・カリブ系移民の話す英語の発音をそのまま書き写す形で綴っているが，標準的な英語の綴りなら，'Making History' とするところであろう．'to make history' は，成句として，「歴史に残るような出来事を起こす」という意味がある．と同時に，文字通り「歴史そのものを書く」，「自分たちの手で歴史を記録する」ととることもできる．歴史は，誰の視点で書かれるか，誰の言葉で語られるかによって，その重心が大きく変化し得る．カリブ英語を綴りに反映させ

3）Mervyn Morris, '"Dub Poetry"?', *Caribbean Quarterly*, vol. 43, no. 4（Dec. 1997）, 1. ジョンソンは，1976年の時点で 'dub lyricist' という呼び方を使っているが，'poet' と言い換えてもいる．

4）Linton Kwesi Johnson, 'I did my own thing', an interview by Nicholas Wroe, *The Guardian*, 8 March 2008.

ることで，ジョンソンは語り手の立場を明らかにしている．

now tell mi someting
mistah govahment man
tell mi someting
(ll. 1-3)

まず目を引くのは，この詩が固有名詞以外，すべて小文字で書かれていることである．英詩では，伝統的に文法の如何にかかわらず，各行（line）の初めを大文字にすることが多いが，この詩はそれを採用していないばかりか，センテンスの初めも小文字にしている．このことは，テクストが口頭で発音される音に従っていることを強調している．読者は，この詩がいままで親しんできた英詩とは違うようだということを，まずは視覚的に印象づけられる．

'now tell mi someting'[5] は，「さあ教えてくれよ」というような口語的な呼びかけで，その相手は 'mistah govahment man'「お役人のダンナ」である．mis*tah*，go*vah*ment（イタリック体は引用者）は，それぞれ mister や government を実際の発音に近づけたものである．この詩はそれぞれ短いリフレイン（後掲 ll. 17-20, 38-41, 60-63）を末尾にもつ三つの部分に分けられるが，各部分は，'mistah govahment man'（「お役人のダンナ」），'mistah police spokesman'（「警察のダンナ」），'mistah ritewing[6] man'（「右翼のダンナ」）と，敬称 'mistah' をつけた相手に語りかけられている．これらの人々は，体制側，権力を掌握する側の人間であり，一方の語り手は**それ以外**，すなわち弱者の立場に置かれる．その格差を 'mistah' という敬称は端的に表している．カリブ英語の綴りや文法は，標準から逸脱することで劣等視される移民の文化を逆手にとって，そこを起点として体制に疑問を投げかける．つまり，この詩は，綴りをとおして，イギリスで周縁化されるアフロ・カリブ系の移民の声であることを強烈に認識させるのだ．

---

5) something を 'someting' と /θ/ の発音を /t/ とするのも，カリブ英語の特徴．後出の 'di' で the の /ð/ が /d/ となるのも同様．

6) 'ritewing' は rightwing．発音は同じであるから，ここは敢えて綴りを標準に揃えないことに意味があると考えるべきであろう．

第二連にも，見慣れない単語が並んでいるが，その多くは発音を再現した綴りである[7].

how lang yu really feel
yu couda keep wi andah heel
wen di trute done reveal
bout how yu grab an steal
bout how yu mek yu crooked deal
mek yu crooked deal?

(ll. 4-9)

この連は，第一連の 'tell mi' の目的語 'someting' の内容になっていて，疑問文の体裁をとってはいるが，実際には「いつまで〜するつもりだ」という糾弾になっている．カリブ英語の言語学的な特徴について，ここで詳しく述べることはできないが，だいたいの内容は，'mistah' をつけて持ち上げた偉そうな相手が，実はさまざまなものを奪い（'grab an steal'），不正な取引をしている（'crooked deal'）事実が明らかになっている（'trute done reveal'）のに，いつまで俺たちを踏みつけにし続けられると思っているんだ（'yu couda keep wi andah heel'），ということになる．'andah heel'（=under heel）は，「踏みつけにする」，「屈服させる」という意味の成句であり，その直前の 'wi' は 'we' で，文法的には目的格 'us' となるはずのところであるが，こうした格の無変化もカリブ英語の一つの特徴とされている．

ジョンソン自身の朗読音源[8]はインターネット上でも入手できるので，是非一度自分の耳で確かめてみることをお勧めする．そこには，弱強格（iamb）や強弱格（trochee）などのリズムの単位が一定数繰り返されて行を形成する英詩の伝統的なリズム[9]とはまったく異なる，速いビートで連の最後の繰り返し部

7）'lang'=long; 'yu'=you, your; 'couda'=could; 'wi'=we, us; 'andah'=under; 'wen'=when; 'di'=the; 'trute'=truth; 'bout'=about; 'an'=and; 'mek'=make 詩行全体を標準的な綴りに「翻訳する」ことは，後に述べるとおり，イデオロギー性を伴うので，ここでは行わない．

8）Linton Kwesi Johnson, *Making History*（Mango, Island Records, 1984）. CD. CCD9770.

9）例えば，英詩の入門書にしばしば登場する Thomas Gray の有名な詩行 'The curfew tolls the knell of parting day' は，弱強が 5 回繰り返される弱強五歩格（iambic pentameter）である．

分まで一気に走り抜けるような，独特なリズムがある．各行末がすべて /i:l/ 音を含む脚韻を踏んでいるが，それさえお構いなしに次行とつなげて読まれる．テクストを見て感じた違和感が，聴覚的に増幅されるのだ．

連帯する詩

第三連では，1979年に起きた具体的な事件を挙げる．

well doun in Soutall
where Peach did get fall
di Asians dem faam-up a human wall
gense di fashist an dem police sheil
an dem show dat di Asians gat plenty zeal
gat plenty zeal
gat plenty zeal
(ll. 10-16)

'Soutall'（=Southall）は，ロンドンの西郊外にある町で，1947年にインド，パキスタンがイギリスの植民地支配から独立して以降，多くの南アジア系の住民（the Asians）が移住したことで知られている．1979年4月23日，極右政党「イギリス国民戦線」（'British National Front'）がこの町の公会堂で集会を行おうとした．4月23日は，イングランドの守護聖人聖ジョージの祝日である．イングランドに誇るべき本来の姿があると想定し，これを外部から損なう他者を排斥しようとする極右勢力にとって，この日には象徴的な意味がある．その日に自分たちの集会を，あえて移民の町とも言えるサウソールの中心で行うことは，明白な示威行動であった．これに反対するデモが警察と衝突する中で，参加していた「反ナチ同盟」（'Anti-Nazi League'）メンバーの教師ブレア・ピーチ（Blair Peach, 1946-79）が暴行を受け，死亡した．この暴行が警察官によって行われたことには複数の目撃証言があり，ロンドン警視庁の内部調査（the Cass Report）でも明らかになっていたが，当局はこれを「偶発事故」と位置づけ，警察官は一人も処分されることがなかった[10]．

10）ロンドン警視庁は，事件から30年以上経過した2010年に，事件の詳細を記すCass警視長の報告書を公開した．<http://www.met.police.uk/foi/units/blair_peach.

'di Asians' が「人間の壁」('a human wall') を築いた相手は,「ファシスト」と「警察の楯」の両者であり, そのことで彼らは権力に屈することなく, 構造的な不正を許さない「熱い心」をもつことを示した, というのだ. そしてそのことの意味は, 再び単一の脚韻を以て耳に残るリフレインが示している.

it is noh mistri
wi mekin histri
it is noh mistri
wi winnin victri
(ll. 17-20)

権力を濫用する者, 強い立場を利用して不正をはたらく者に社会の片隅に追いやられた弱者が立ち向かうこと, それは「不思議」('mistri'=mystery) でも何でもない, いま自分たちは歴史に残るようなことをしているのだ, そしてこの戦いに勝利するのだ, と高らかに宣言する.

続く部分では, 'police spokesman' (l. 22) を相手に, 前段のピーチの事件を思わせる警察による暴力を話題にする.

now tell mi someting
mistah police spokesman
tell mi someting

how lang yu really tink
wi woodah tek yu batn lick
yu jackboot kick
yu dutty bag a tricks
an yu racist pallytics
yu racist pallytics?
(ll. 21-29)

---

htm> 2016 年 10 月 26 日最終閲覧. 携帯を許されないはずの武器でピーチを死に至らしめた 6 名の特別巡視隊員, とくに直接関与したとされる 1 名が (姓名は伏せられているが) 特定されている.

'lick' は，強打するという意味の口語であるから，'batn lick' は警棒で殴ることを指す．'jackboot' は警察官の履く革の長靴であるが，比喩的に力でねじ伏せるような専横な態度をも意味するので，両者は警察の暴力的な態度とそれに代表される否応ない権力の行使を糾弾していると言える．'dutty bag a tricks'（=dirty bag of tricks'）は，第二連 'yu crooked deal' に呼応する欺瞞や隠蔽を指し，さらには 'racist pallytics'（=racist politics）が付け加えられて，すべての背後にある人種差別的な政治（実際の政治のあり方に加えて，策略，駆け引きというような意味合いも含まれるであろう）を批判する．

続いて挙げられる例は，1980年4月2日にブリストルで起こった 'St. Paul's Riot' である．セント・ポールズ地区には，戦災を受け住民が去った廃墟同然の建物がカリブ地域からの移民にあてがわれたことに端を発し，この時期までには彼らの結束の強いコミュニティが形成されていた．しかし，同時にそのことで，警察から厳しい取り締まりを受ける地区にもなっていった．イギリスには，1824年に制定された「不審者抑止法」（'sus law'）と呼ばれる法律があった．これは犯罪に関わりそうな，不審者とおぼしき人物に，警察官が声をかけ，その場で逮捕することができるという強権的な法律であったが，これが1970年代頃から人種差別と結びつき，とくに非白人に対して適用されることが多くなっていた[11]．

セント・ポールズの暴動[12]は，同地区内のブラック・アンド・ホワイト・カフェに対し，警察が麻薬捜査を行ったことに端を発することがわかっているが，それがどのように暴動に発展したのかについては不明な点も多い．また，暴動には白人も加わっており，必ずしも人種間の対立が原因ではなかったとも言われている．しかしながら，ここでも戦うべき相手は警察である．'babylan'（=Babylon）は，カリブ英語で，白人優位社会における警官を意味する．

11）1981年には，その人種差別的な適用が問題視され，廃止された．

12）「暴動」（riot）という語に体制側の視点が含まれていることは否めないが，現在のところ，その代替語として使われ始めた「蜂起」（uprising）の妥当性の検証も十分とは言えず，ここでは普及している 'riot' を暫定的に用いながら，注意喚起するにとどめる．

well doun in Bristal
dey ad noh pistal
but dem chace di babylan away
man yu shooda si yu babylan
how dem really run away
yu shooda si yu babylan dem dig-up dat day
　　　　　　　　　　　　　　　　dig-up dat day
　　　　　　　　　　　　　　　　dig-up dat day

it is noh mistri
wi mekin histri
it is noh mistri
wi winnin victri

（ll. 30–41）

武器も持たずに（'dey ad noh pistal'=they had no pistol）警官たちを追い払ったという表現は，前連で 'batn lick' や 'jackboot kick' と道具を使った暴力的行為が列挙されているのと対照をなしている．

最後に呼びかけられるのは，'mistah ritewing man'（=Mr. right-wing man「右翼のダンナ」）である．

now tell mi someting
mistah ritewing man
tell mi someting

how lang yu really feel
wi woodah grovel an squeal
wen soh much murdah canceal
wen wi woun cyaan heal
wen wi feel di way wi feel
feel di way wi feel?

（ll. 42–50）

この時期の暴動の頻発の背後には，サッチャー政権下のいわゆるニューライト（New Right，新右翼）台頭による人種主義や移民排斥の激化があった．弱い立場の人間でも，「殺人が隠蔽され」（'wen soh much murdah canceal'=when so much murder is concealed），「傷が癒えることもなく」（'wen wi woun cyaan[13] heal'=when our wounds can't heal），いつまでも「ひれ伏し，悲鳴をあげ」（'grovel an squeal'）ているばかりではない，というのがこの部分の趣旨だ.

そして，次連には，実際に衝突が起こった地名を列挙している.

well dere woz Toxteth
an dere woz Moss Side
an a lat a adah places
whe di police ad to hide
well dere woz Brixtan
an dere woz Chapeltoun
an a lat a adah place dat woz burnt to di groun
burnt to di groun
burnt to di groun

it is noh mistri
wi mekin histri
it is noh mistri
wi winnin victri

(ll. 51-63)

'Toxteth' はリヴァプール市内の非白人の多く居住する地区であり，貧困と失業に喘ぐ若者たちが 1981 年 7 月 6 日と 27 日に暴動を起こした．警察は，6 日の暴動で，北アイルランドを除くイギリスで初めて CS（催涙）ガスを使用した．'Moss Side' は，マンチェスター市内の同様の地区で，7 月 8 日から 3 日間にわたり，暴動，破壊，略奪などが行われ，200 名に及ぶ白人・非白人逮捕者が出た．続けて 'an a lat a adah places'（=and a lot of other places）とあるように，これらの暴動は，連鎖的に起こった．同じく 7 月に騒乱が続いた 'Chapeltoun'（=Chapeltown，リーズ郊外）もその一例である.

13）'cyaan' は，綴りから長母音を含むと推測され，can [kən] より can't [kɑ́:nt] の [t] が落ちたものであるとする方が合理性がある.

しかしそれらの大きな誘因となったのは，その3ヵ月前，'Brixtan'（=Brixton）で起こった大規模な暴動であろう．先に述べた 'sus law' に加え，1981年4月からロンドン警視庁は，'Operation Swamp 81' という私服警官が怪しいと睨んだ一般人を呼び止め，捜査できる規定を実施し，6日間で1000人もがその対象となった．警察と住民の間の緊張は高まり，4月10日から12日にかけ5000人を巻き込む壮絶な騒乱と破壊が繰り広げられた．ジョンソンは，別の詩 'Di Great Insohreckshan'（=The Great Insurrection「大暴動」）で，この事件を次のように描写する．

> it waz in april nineteen eighty wan
> doun inna di ghetto af Brixtan
> dat di babylan dem cauz such a frickshan
> dat it bring about a great insohreckshan
> an it spread all owevah di naeshan
> it woz truly an histarical occayshan
> （ll. 1-6）

彼は，この騒乱が「警察」（'di babylan'）権力への抵抗であり，その影響が「全国に波及した」（'an it spread all owevah di naeshan'=and it spread all over the nation）こと，すなわち体制に抑圧されていた人々が立ち上がり，その運動が広がるきっかけになったことで，このブリクストン暴動を 'an histarical occayshan'（=an historical occasion「歴史的な出来事」）と評している．

'Mekin Histri' の中で，ブリクストンが「ブリクストンもあった」（'dere woz Brixtan'）と他の地名と同列に並べられ，特段に説明も加えられないことには，もちろん 'Chapeltoun' と韻を踏む目的もあるが，それ以上にこうした事件が各地で繰り返され，闘う者たちの連帯を促して大きな動きへと展開したことを強調する意味があると言える．そして，ジョンソンの読者／聞き手は，それぞれの地名の象徴的な意味を理解し，いちいち説明を必要としない人々なのだ．その意味では，むしろサウソールの南アジア系住民という，アフロ・カリブ系コミュニティではない人々を特筆していることもまた，出自を超えた抑圧される者同士の連帯という思想の表れと考えることができる．殺されたブレア・ピーチは，ニュージーランド出身の白人で，彼が属する「反ナチ同盟」の抗議の照準が，より広範なファシズム思想に向けられていた点も見逃しがたい[14)]．この詩は，字義通り役人や警察や右翼の「ダンナ」たちに向けて書かれたものではない．詩人が自分と同じ時代を生き，同じ側に立って連帯することを願う人々に対して，強いメッセージとして語りかけたものなのである．

では，私たちがこの詩を読むことは，どのような経験であると考えたらよいのであろうか．見慣れない綴りやカリブ英語独自の文法を自分たちなりに解読し，地名が表す事件について共有すべき知識を調べることで補う，という時間をかけた読み方でその内容や語調をおおむね理解することができたとして，それは当事者として呼びかけに応える，という読み方とはおのずと異なっているであろう．しかし，そうした手続きを踏むことにより，私たちは，20世紀後半イギリスの重要な構成要素となった人々の声とその生きる姿に触れることができる．その際，彼らの使う英語は，それが表現する内容と切り離すことができない．誰の言葉で書かれているか，誰の視点から書かれているかが重要なのだ．なぜなら，彼らを苦しめる構造的な差別や暴力は，常に体制側の視点から語られてきたからだ．そして，この詩の独特な綴りや，従来の英詩にはなかったリズム構成に驚いた私たちは，これもまた紛れもなく英詩の新しい形の一つなのだと知る．

音声言語／記述言語

ここで，この詩の言語について，もう少し考えてみよう．カリブ英語の特徴をもつテクストの理解には，リントン・クウェシ・ジョンソン自身の音楽に乗せた朗読を聴くことが助けになることは先にも述べた．ところで，この曲を含むCDのジャケットには，タイトルが*Making History*と表記されている．顔は写っていないがジョンソン自身という想定だろうか，黒いコートを着た非白人の手が一冊の本を抱えるデザインで，その表紙に*Making History*と書いてあるのだ（図6-1）．このことは，音声言語と記述言語の関係を考えると興味深い．

14）戦後イギリスにおける反人種主義運動の複雑な流れについては，Paul Gilroy, *'There Ain't No Black in the Union Jack': the Cultural Politics of Race and Nation*（Chicago: Univ. of Chicago Press, 1991）, pp. 114–152 参照.

図 6-1　*Making History* の CD ジャケット

例えば，日常生活でカリブ英語を話す子供が，学校で自分たちの発音に合わせた綴りで書けば，それは書かれたテクストとしてふさわしくないと訂正されるはずだ．このジャケットは，そうした文字の標準化を皮肉っているようにも見える．本が代表する知的文化の表現は正しい綴りでなされるべきであり，それ以外は誤りであるとして排除されるとすれば，それは英語を，その話者に基づいて序列化することにほかならない．朗読を聞いてはじめて，このタイトルがこうした発音で読まれることを知り，「自分たちの手で歴史を記録する」ことの意味がわかってくるのだ．

一方で，詩集の表記を標準化し，タイトルを 'Making History' として，'Well, tell me something, Mr. government man' と続けたら，どうであろうか．標準的な綴りが読者に標準的な発音を促し，アフロ・カリブ系の人々の声は消えてしまうであろう．この詩にこの綴りは不可欠なのだ．ただし，ここで注意しなくてはならないのは，この詩の表記が彼らの発音を文字化したもので，彼らの書き言葉がこのとおりであるというわけではない，ということだ．ジョンソンを含め，カリブ英語の発音を自分たちの言葉と意識する人々も，日常生活で書くときには，標準的な綴りを用いている（あるいは，用いることを求められている）[15]．つまり，ここには話し言葉と書き言葉の間のずれが意図的にとりこま

15）付け加えるなら，ジョンソンの文字化の方法には規則性があり，決して場当たり的に音に綴りを当てはめているわけではない．

れているのである．

'Sonny's Lettah'（「ソニーの手紙」）という別の詩を例にとろう．この詩は，副題として '(Anti-Sus Poem)'（「(反不審者抑止法詩)」）とあるように，先に触れた 'sus law' の名を借りて弟に差別的な嫌がらせを行った警官を，思いあまって殺害した兄が，刑務所から母親に当てた手紙という設定である．

Brixtan Prison
Jebb Avenue
Landan south-west two
Inglan

Dear Mama,
Good Day.
I hope dat wen
deze few lines reach yu,
they may find yu in di bes af helt.

(ll. 1-9)

この部分は，綴りが発音に従っていることを除けば，典型的な，いやむしろやや古風な，礼儀正しい手紙の冒頭部分であると言ってよい．右上に「ブリクストン刑務所」という差出人住所，「母さん，こんにちは．元気でこの短い手紙を受け取ってくれていることと思います．」という決まり文句に従った書き出し――つまり，これはこのとおり書かれた手紙ではなく，おそらくは標準的な綴りで手紙を書きながら，それを書き手である若い男が頭の中でこのように発音しているのを再現したものなのである．

ジョンソンは，自身の詩作について述べる 'Riots, Rhymes and Reason'（「暴動，詩，道理」）で，'Mekin Histri' や 'Sonny's Lettah' が書かれた時期の詩作について，'Back in those early days when I began my apprenticeship as a poet, I ...tried to voice our anger, spirit of defiance and resistance in a Jamaican poetic idiom.'[16]（「詩人としての修行を始めた頃の私は，私たちの怒り，不屈と抵抗の精神にジャマイカの詩の言葉で声を与えようとしていた．」）と述べている．これは，あく

16）<http://www.lintonkwesijohnson.com/2012/04/18/riots-rhymes-and-reason/>　2016年10月25日最終閲覧．

まで「詩の言葉」なのだ．そのことに注意を払いながら，少し先を読み進んでみよう．

Out jump tree policeman,
di hole a dem carryin batan.
Dem waak straight up to mi an Jim.

One a dem hol awn to Jim
seh him tekin him in;
Jim tell him fi let goh a him
far him noh dhu notn
an him naw teef,
nat even a butn.
Jim start to wriggle
di police start to giggle.

（ll. 28-38）

夕方のラッシュアワーの時間帯，語り手と弟ジムは，バスを待っていた．そこへ突然，警察車両がやってきて，3人の警察官が 'sus law' によってジムを抑えつけ，否応なく警察へと連行しようとする．「何もやっていない，泥棒じゃないんだ，これっぽっちも」（'him noh dhu notn'=he did nothing; 'an him naw teef' =and he is no thief; 'nat even a butn'=not even a button[17]）と抵抗する彼が「もがく」（'wriggle'）と，警察官たちは「忍び笑いをもらす」（'start to giggle'）．単純な脚韻を用いて，背筋が凍るような人種差別の瞬間をあぶり出すこの部分で，私たちは息をのむ．そこで，詩は 'Mama,' と呼びかけ，いったんこの場面の描写から読者を引き離す．

Mama,
mek I tell yu whe dem dhu to Jim
Mama,
mek I tell yu whe dem dhu to him:

（ll. 39-42）

17）not even a button は，「どんなに些細なものも～ない」，という成句．

「やつらがジムにやったことを言ってもいいかい」——最後のJimとhimの脚韻を除き，二つの文は同一内容の繰り返しになっており，ここでは母親に話しにくい残酷な場面を報告する準備となるようなスピードの落ちる4行として機能する．その後，一気に凄惨な三対一の暴力行為が描写される．朗読を聞けば，この部分が，それまでとは違うスピードをもつことがわかるだろう．

dem tump him in him belly
an it turn him to jelly
dem lick him pan him back
an him rib get pap
dem lick him pan him hed
but it tuff like led
dem kick him in him seed
an it started to bleed
(ll. 43–50)

身体の部分を順に挙げながら執拗な攻撃を描写するこの部分は残酷である．しかし，‘dem tump/lick/kick him in/pan him belly/back/hed/seed’ という文型の繰り返しとすることにより，はっきりとリズムが意識され，リアルな描写というよりは，やや様式化されているような印象だ．

そして再び ‘Mama,’ と呼びかける3行は，その場にいた語り手自身に焦点を合わせる．

Mama,
I jus coudn stan-up deh
an noh dhu notn:
(ll. 51–53)

「何もしないで突っ立っていることはできなかった」という回想の言葉に導かれ，今度は兄の反撃が描写される．

soh mi jook one in him eye
an him started to cry

mi tump one in him mout
an him started to shout
mi kick one pan him shin
an him started to spin
mi tump him pan him chin
an him drap pan a bin

an crash
an ded.

(ll. 54-63)

再び，'soh mi...in/pan him...' と 'an him started to ...' が交互に繰り返される構成を目にすることで，私たちはこの連と先ほどの警官の攻撃の場面との相関に気づく．しかし，最終行でゴミ箱の上に殴り飛ばされた警官は，死んでしまう．そのことを告げる独立した 2 語ずつの 2 行に，私たちのテクストを追う目は止まり，朗読も，同様に一瞬止まって沈黙が支配する．

再び口を開いた語り手は，'Mama,' と呼びかけ，弟は「不審者抑止法」で，兄は「殺人」で逮捕されたことが告げられる．弟を助けようとしてより重大な状況に陥った兄は，自分の身上に触れることなく弟を，そして息子を心配する母親をまず思いやった手紙を書くのだ．

Mama,
dont fret,
dont get depres
an doun-hearted.
Be af good courage
till I hear fram you.

I remain
your son,
Sonny.

(ll. 69-77)

最後は再び，「あなたの息子，ソニー[18] より」と手紙の形式に戻る．こうしてみると，この詩はかなり周到な構成をもっていることがわかる．部分部分でリズムも変わり，そしてそれらの区切りを 'Mama,' という呼びかけがマークする（'Sonny's Lettah' のテクスト全文は，巻末の「作品ピックアップ」を参照）．

ジョンソンの詩は，標準化された英語ではすくいとることができない，抑圧された人々の現実に声を与えたが，それは同時にきわめて周到に構築された文学テクストでもあった．そこに厳然と存在する新たな英語のリズムは，朗読されることで身体性を帯び，力強く私たちに届けられたのである．では，それが音楽に乗せたパフォーマンスの形をとることは，どのような意味をもつのであろうか．ジョンソンの詩は，1）テクストとして印刷される，2）音楽なしで朗読される，3）自らのバンドの演奏をバックに朗読される，という三種類の方法で私たちに伝えられる．最後に，音楽が彼の詩にもつ意味を考えてみよう．

詩と音楽

英詩と音楽は，その起源から切っても切り離せない関係にある．メロディに乗せ，リズムに合わせて歌われた素朴な韻文が，文字をもたぬ庶民の間に口伝えに継承され，現在まで 'song'（歌）や 'ballad'（物語詩）の形で残っている．文字文化が浸透するにつれ，詩のメディアの中心は書かれたテクストに移ってゆき，口承は原始的で洗練されない低俗な文化と位置づけられるようになった．しかし，例えばロマン派の時代には，こうした民衆の伝統に注目が集まり，それらを収集して出版したり，これを模した作品を書く詩人も数多く存在した．また，20 世紀になっても，1960 年代にはフォークソングに再び注目が集まり，ポピュラーソングの歌手たちがこれを採り上げた．ポピュラーソングは，それ自体メディアの発達や移民などの人の移動の増加に伴い，20 世紀以降，かつてない影響力をもつようになっていたが，詩を高尚な文化（high culture）と見なす人々は，依然として，ポピュラー（popular，大衆的）な歌をその一部と認めようとしなかった．しかし，昨今ではボブ・ディランやビートルズを聞いて育ち，その影響を公言する詩人たちも珍しくないし，ロック・バンドを自ら結成したり，既存のバンドと共同創作や競演を行う詩人も増えてきている．

18）Sonny は，son に由来する名前．

ダブ・ポエトリーは，音楽をバックに朗読されるときに，その独自なリズムが最も際立つ．この詩を作品として十分に味わうには，とりわけパフォーマンスを聞くのがよい，とひとまずは言えるだろう．ジョンソン自身も，作品の創造の過程を，まず言葉があり，そのビートに自らベースと和音をつけ，その後自らのバンドのメンバーと話し合ってさらに肉付けをしていくと述べている[19]．

では，これを歌として聞くとしたらどうであろうか．ジョンソンの朗読する詩は，音声的にのみ共有される．聞き手がそれを頭の中でそれぞれ文字化する際には，一種の翻訳を行って標準的な綴りに置き換えて想像するのではないだろうか．ちょうど，CD のジャケットに *Making History* とあるように，本来はこういうテクストであるところを，ジョンソンはこう発音する，と．そこにはいつの間にか，本来の英詩とそれ以外，という序列化の意識が入り込んでいる．発音通りの文字が印刷された詩集が出版されることの意義は，ここにあるのだ．

さらに，音楽には独自の構成原理がある．例えば，CD に録音された 'Mekin Histri' の演奏時間は 4 分 12 秒であるが，このうち朗読部分は 2 分 17 秒で終わってしまい，全体の半分近くが楽器の演奏になる．朗読だけ行った場合には含まれない部分が，曲としては大きな割合を占めるのである．また，リフレイン部分は，2 回ずつ繰り返され，疑問文のあとには，'eh?' という問いかけの間投詞が挿入されるという違いもある．リフレインが 2 回ずつ印刷されれば，テクストとしては冗漫な印象を与えるかもしれない．それどころか，私たちは文字を目で追ってテクストを読むとき，理解しにくいところでは時間をかけるが，リフレイン部分では，同じ内容であることを確認して，さっと次に進むかもしれない．レゲエ音楽のリズムは，緩やかで一定である．ジョンソンの闘う詩の内容とこの曲調の間にある種のずれが感じられるとすれば，そのことは，この詩について，あるいはそれを享受する私たちについて，何を物語るのであろうか．複合的な形式は，私たちをかつてない形で刺激し，その経験自体についても考えることを促す．

詩は，教室で学ばれる高尚な文学であり，娯楽を念頭に置いた大衆文化（ポップ・カルチャー）と

---

19) 'London Calling: Riots, Reactions, and Reggae', *Huffington Post*, 25 August 2011; updated 24 Oct. 2011. <http://www.huffingtonpost.com/steve-heilig/london-riots-reggae_b_925870.html> 2016 年 10 月 26 日最終閲覧.

は区別されるべきものであるという考え方は，すでに有効性を失っている．ジョンソンの詩は，印刷されたテクストと音楽を伴った朗読の両者を前提としており，そのどちらかに限定して捉えることはできないし，またそれらを区別なく扱うこともできないであろう．新たなジャンルとして現れたダブ・ポエトリーは，あらためて詩とは何か，その本質的な部分に問いを投げかけるのだ．

[詩人紹介]

リントン・クウェシ・ジョンソン（Linton Kwesi Johnson, 1952-）

ジャマイカ，チャペルトン生まれ．1963年にイギリスに移住，ロンドン郊外で育った．10代から，Black Panther，Race Today Collective など人種差別と闘う政治団体に所属して活動を行う．詩集は音楽パフォーマンスとしても発表され，1981年にはLKJレコードを設立，自身の作品を含めたダブ・ポエトリーの音源をリリースしている．ジャマイカ音楽の歴史についてのラジオ番組制作や，イギリスにおけるカリブ，アフリカ，アジア系移民の資料を集積したアーカイブ George Padmore Institute の設立など，その活動は多岐に亘っている．詩集に *Voices of the Living and the Dead*（1974），*Dread Beat an' Blood*（1975），*Inglan Is a Bitch*（1980），*Tings and Times: Selected Poems*（1991），*Mi Revalueshanary fren: Selected Poems*（2002）など．

[作品が収められた詩集]

Johnson, Linton Kwesi. *Mi Revalueshanary Fren: Selected Poems*. London: Penguin, 2002.

[読書案内]

Gilroy, Paul. *'There Ain't No Black in the Union Jack': the Cultural Politics of Race and Nation*. Chicago: Univ. of Chicago Press, 1991.

Johnson, Linton Kwesi. *Making History*.（CD）Mango, Island Records, 1984.

木畑洋一編『現代世界とイギリス帝国』（『イギリス帝国と20世紀』第5巻），ミネルヴァ書房，2007.

[ディスカッション]

93頁で，ジョンソンの詩が私たちに伝達されるやり方として，1）テクストとして印刷される，2）音楽なしで朗読される，3）自らのバンドの演奏をバックに朗読される，の三つを挙げています．これに加え，詩の受け取り方から言えば，ライブ演奏を聴くことと CD で繰り返し聴くことは，同じとは言えません．テクストを読むときも，教室で話し合いながら読むのと，一人で読むのとはまったく違う経験でしょう．本来の詩の姿はどこにあるのでしょう．いや，そもそもそんなものは存在するのでしょうか．具体的に考察してください．

■第 III 部

「私」とは誰か

■第7講　記　憶

ある洪水の風景

ジョン・バーンサイド「洪水の中で泳ぐ」

洪水の中で泳ぐ

'Swimming in the Flood'（「洪水の中で泳ぐ」）は，奇妙なタイトルの詩である．もちろん，洪水に見舞われたときに，例えば流されまいとして泳ぐ，救助を求めて泳ぐといった行為はあり得ないことではないだろう．しかし，それはあくまで経過的な行為であって，それ自体を抽出して何か自己完結的な行為のように扱うこのタイトルは，ちょっとした違和感を覚えさせる．実際に詩を読み始めても，この詩にはそうした違和感を感じる箇所がいくつかある．それがいったいどのようなことに起因するのかに注意を払いつつ，丁寧に読み進めてみよう．詩は，洪水に襲われた村の様子を仔細に観察する，きわめて視覚的な描写から始まる．

Later he must have watched
the newsreel,

his village erased by water: farmsteads and churches
breaking and floating away

as if by design;
bloated cattle, lumber, bales of straw,

turning in local whirlpools; the camera
panning across the surface, finding the odd

rooftop or skeletal tree,

or homing in to focus on a child's

shock-headed doll. (ll. 1–11)

二行詩（couplet）の体裁はとっているが，冒頭から11行目の最初のピリオドまでは，とくに逸脱もなく一つのセンテンスとして読める．「彼」が見たはずのニュース映像の内容は，「水で消されてしまった村」といったんまとめられ，具体的な描写がコロンのあとに続く．途中2回のセミコロンが，その描写を大きく三つの部分に分けているという構造だ．農場や教会などの大きな建物は，倒壊し，流されている．溺れた牛の屍体や材木，干草の梱（こり）など，建物ほど大きくないが，それでも動かすのにかなりの力が必要と思われるものは，渦に巻き込まれている．カメラは「水平回転」（'panning'）して視野を広げ，沈んだ家の屋根や骨格だけになった木を映したかと思えば，「もじゃもじゃ頭の人形」（'shock-headed doll'）に「クローズアップ」（'homing in'）したりする．

この描写の特徴を考えてみよう．まず第一に，巨視的すなわち対象と視点の間に距離があること．いかに広範囲を水が覆っているかを示すのは，洪水被害を伝える映像の一つの典型である．建物が流されたり屋根を残して沈んでしまったりしている様子は，おそらくヘリコプターなどを利用して上空から撮影するしかないであろう．そして第二に，その視点が変化すること．建物の遠景から人形の頭まで，自在に動き，また第三に，その動きに対し 'panning' とか 'homing in' のような術語を用いてことさらカメラの介在を印象づけていることである．これらの特徴は，2行目にあるとおり，ニュース映像であるとすれば，納得がいく．

しかし……果たしてそうと言いきれるだろうか．詩の冒頭に戻ろう．'Later he must have watched' は，よく見ると，奇妙な1行であると言えないだろうか．例えば，もしこれが 'He watched' であれば，3行目以降の9行が，「彼」が見たニュース映像の内容であると読めるであろう．しかし，ここでは 'must have watched'「見たに違いない」と，それがあくまで推測であるような書き方になっている．また 'Later' という比較級は，どの時点より「後」なのだろうか．

推測であるなら，（しかも「違いない」という確信に近い推測なら）何らかの根拠があるはずである．それがこのニュース映像のような描写だとしたら，どうだろう．みなさんには，幼い頃の自分の記憶と信じていた風景に，よく考えてみると，子供としての自分には不可能な視点が入り込んでいることに気づいたことはないだろうか．それは，アルバムの中の写真を後から見たり，繰り返し大人の思い出話を聞くうちに作り変えられた記憶なのだ．ニュースカメラの視点から見られた洪水の風景が，「彼」の脳に刻まれた視覚的イメージだとすると，それは「後から」見たニュース映像によって上書きされた記憶だと想定することができる．

となれば，彼がそれ以前に実際に見たはずの洪水の風景は，どのようなものであったろうか．このことは，「彼」が何者か，という問題にも関わってくる．すなわち，洪水の光景をニュースカメラを通して間接的に概観するのみの一般の視聴者とは異なり，カメラが到着する前に洪水に何らかの直接的な関わりをもった者，ということになりはしないか．そして，その記憶は，ニュース映像の向こうに消えてしまっているのである．最初の記憶が消去されていることの理由は，もしかすると当事者として経験した災害の衝撃にあるのかもしれない．

語りは誰のものか

今度は，別の角度から考えてみよう．「彼」について推論を提示する，この語りは誰のものか．ここでも，私たちは奇妙なずれに気づく．これが推論であるなら，語りは「彼」の経験のすべてを把握しているわけではない．しかし，推論の根拠となる，彼の頭の中の記憶のありようについては知っているようなのである．続く部分では，これがさらに展開する．

> Under it all, his house would be standing intact,
>
> the roses and lime trees, the windows,
> the baby grand.
>
> He saw it through the water when he dreamed
>
> (ll. 12–15)

12行目のitはニュース映像が映し出す光景で，11行目までに上空から見てきた水の表面である．その下，つまり水中には彼の家が「無疵で」（'intact'）建っている「だろう」（'would be'），とここでも動詞に留保がついている．水の表面から見えないので，ニュース映像が重ねられた彼の記憶には含まれていないが，彼はなぜかそれを知っている．「夢」に見たからだ．

夢の中の風景，果たしてそれはほんとうに存在するものだろうか．教会や農場のような大きな建物まで流される水上の被害の大きさとは対照的に，家も庭木も「小型グランドピアノ」（'baby grand'）も水中では無事だという．この不可思議な齟齬には，「夢」という媒体が関わっていると考えるべきだろう．ニュース映像が伝えるような客観的な事実が意識に映る世界であるとすれば，そこからは見えない水中は無意識の世界であり，それを見るのは夢のように意識の支配が弱まったときであるという精神分析の見方は，フロイトやユングの登場した20世紀以降の文学では多く援用されてきた．描写される「彼の家」の風景は，「無疵」であるのみならず，比較的裕福で平和なものに見える．「夢」は，隠された真実を明かすこともあるが，また願望を視覚化する場合もある．「彼の家」は失われた平和な生活だったのか，実はそもそも存在しない，理想の暮らしだったのか，読者は知る由もない．

目を引くのは，やはり'baby grand'であろう．これが家庭に置かれていることの物珍しさもだが，'baby'の語にも注目したい．なぜなら，それは少し上の'a child's/ shock-headed doll'と子供にまつわる縁語を成すからだ．'shock-headed'は，「もじゃもじゃ頭」であり，人形の属性であるから，たまたまカメラが捉えた浮遊物がそうした外見の人形であったというのが一義的な意味であろう．しかし，'a child's'で改行があり，次行の冒頭に'shock'の語があれば，読者はまず「子供」と「衝撃」を結びつけ，幼い身で被災した子供の不安な心情を想像するであろう．生命体でない人形もまた，そうした精神状態の表象と見ることもできるかもしれない．一方，水中の'baby'は，'intact'であり，'grand'と結びついて家の中に安定した位置を占めている．

幼年期がこの記憶と夢をつなぐ一つのキーワードになるとすれば，洪水が奪ったものは幸せな幼年時代，そして家庭ということになり（'homing in'もここで縁語に含めてよいだろう），「彼」の精神の，目に見えない部分には，理想化されているにせよ実際にそうであったにせよ，圧倒的な外からの力によって奪われることのない「家」がある，ということになる．

「計画」された洪水

さらに，ニュース映像をそのまま描写したように見える部分も，縁語などで編集され，客観的な事実だけではない面があるとすれば，それこそはこの語りの特徴となり，私たちは再び，先ほどの疑問，「彼」は誰で，「語り」は誰のものか，に立ち戻ることになる．例えば，5 行目の 'as if by design'（まるで計画されたように）というフレーズは，どう読めるだろうか．人間に自然災害を計画することはできない（計画された災害は，自然災害ではない）．ここは，旧約聖書『創世記』のノアの方舟の洪水になぞらえているのである．『創世記』の中で世界中が洪水で覆われたのは，神の「計画」に沿ったできごとであった．堕落した地上に悪が蔓延したことで，神は自らが創造した万物を一掃しようと洪水を起こす（『創世記』6-9 章）．聖書の物語は，キリスト教を一つの中心的な基盤としてきた英語圏の文化においては，信仰の度合いにかかわらず，さまざまな形で援用される．

自然災害の描写に聖書の物語を重ねることは，そこに主観を持ち込むことである．この描写が「語り手」による「彼」の記憶の描写だとすると，両者のいずれかに，この洪水を神の「計画」――すなわち罪の浄化――に喩える意識があったかもしれない，ということになる．いや，それは逆で，そもそもこの「洪水」自体が比喩として仔細につくりあげられている可能性さえ浮上し，きわめて明白な描写と見えた洪水の場面が揺らぎ始める．

これを支持する語りが，後半に出てくる．

> and, waking at night, he remembered the rescue boat,
>
> the chickens at the prow, his neighbour's pig,
> the woman beside him, clutching a silver frame,
>
> her face dislodged, reduced to a puzzle of bone
> and atmosphere, the tremors on her skin

wayward and dark, like shadows crossing a field
of clouded grain.

(ll. 16-22)

今度は，「彼は思い出した」と記憶の所在が明確になっている．カメラの遠い視点とは異なり，'the rescue boat'（「救助ボート」）は彼自身がそれに乗った経験に基づく至近距離の描写である．しかし同時に，「鶏」や「豚」などの家畜と人間が共に乗るボートは，洪水を生き延び，新たな世界をつくることを許されたノアとその家族，一つがいずつの動物たちの乗る方舟の縮小版のようである．

救助ボートの同乗者

彼の隣に座る「女性」は，いったい誰だろうか．「銀の額縁」を抱えているが，おそらくは持って逃げられる財産が限られている状況の中で，彼女はなぜこの「額縁」をしっかりと抱えているのだろうか．さらに，もっと不思議なのは，彼女の顔の描写である．'dislodged, reduced to a puzzle of bone/ and atmosphere' とは，どういうことだろうか．'dislodged' は，「取り外された」というほどの意味である．想像しにくいが，顔自体が，本来顔の占めるはずの領域から外れていて，その結果残っているのは，'bone/ and atmosphere' つまり，「頭蓋骨と雰囲気」，すなわち何となくその人らしい感じであり，これが組み合わさって元の顔を当てさせる「パズル」になっている，といったところであろう．

大きな衝撃を受けた人間がその人らしい表情を失い，造作や雰囲気はその人のもののようだが，どこかずれているように見えるというのは，読者の想像力の関与なしには成立しないような表現だが，事態の深刻さを雄弁に物語っている．止まらぬ皮膚の震えは，「気まぐれで暗い」'wayward and dark' とあり，穀物畑の上に雲がかかったときに，その動きにつれて影が移動する様子に喩えられている．隣に座る者だけに可能な微視的な視点が，比喩の中でまた空から穀物畑を見下ろすような巨視的な映像へと一気に拡大し，読者は再び目眩くような視点の移動を経験する．そうしてみると，９行目で木に 'skeletal' と人間のような表現を使ったことと，顔の 'bone' が呼応し，風景と人間とは重なり合っているようである．

後に，「彼」は彼女をニュース映像で見ることになる．

> Later, he would see her on the screen,
> trying to smile, as they lifted her on to the dock,
>
> and he'd notice the frame again, baroque and absurd,
> and empty, like the faces of the drowned.
>
> (ll. 23-26)

同じ 'Later' で始まる 1 行目と似ているが，'must have watched' と過去を推測する 1 行目と異なり，ここではこれから「彼が見るであろう」('he would see') 光景を予想している．救助された彼女は，「微笑もうとしている」('trying to smile')．少なくとも 19 行目の，その人物が去ってしまったような空虚な表情に比べると，名付けることのできる一つの表情に収斂しようとしている点において，彼女の状態ははるかにましであるように見える．ボートに乗せられた時点で最悪の事態を免れた彼女は，こうして陸に引き上げられて救助が完了するのである．ようやく安堵の微笑みを見せてもおかしくはないし，ニュース映像を映す側は，そうした表情を捉えることで，「洪水」の過酷な現実に人間が屈していないところに一縷の希望を託したいと考えるかもしれない．

しかし，彼女は微笑んではいない．「微笑もうとしている」のは，実際の表情がそれとは違うものだからである．彼女は，救助された被災者らしく感謝と安堵の微笑みを見せようとするが，実態はそれとは異なっているようだ．そして，さらに「彼」が気づくのは，彼女の持っていた「額縁」である．大事に抱えてきた額縁は，「ゆがんで無意味で空っぽ」'baroque and absurd, /and empty' である．洪水と，その後の救助活動の過程で，大きな力がかかったためであろうか，「額縁」の形は変わってしまっている．『オクスフォード英語辞典』(*OED*) では，'baroque' は 'irregularly shaped, whimsical, grotesque, odd'，'absurd' は，'against or without reason or propriety; incongruous, unreasonable, illogical' と，いずれも否定語を多く用いて定義されている[1]（下線は引用者）．そして否定されているのは，regular[ity], reason, propriety, congru[ity], logic など理にかなったもの，整合性のあるものである[2]．四角い「額縁」の安定した合理的な世界は崩壊し，「空っぽ」になってしまったのである．では，「額縁」の中には何があるはずだったのだろうか．

一つの可能性は，大切な思い出を収めた写真ではないだろうか．しかし，「額縁」のこの状態は，必ずしも幸福な結末を示唆してはいないようだ．さらにそれは，「溺死した者たちの顔」に喩えられている（'like the faces of the drowned'）のである．ノアの方舟に乗っていたのが，人間が一家族，動物も子孫を残せるよう一つがいずつであったことを思えば，失われた額縁の中身は家族写真であったと考えることもできるかもしれない．繰り返される子供にまつわる記述や，完全に水に沈んでいるが，「彼」の夢では「無疵」である家を思い起こせば，そこには取り戻すことができない家庭の幸福が浮かび上がってくる．となれば，聖書に倣って「彼」と「女性」もまた家族なのだろうか．「救助ボート」には，もちろん他の人々も乗せられていたと想像できるが，詩の中に登場する人間は，彼ら二人だけである．

しかし，詩行からその関係を読み取ることはできない．「彼」による彼女の顔の観察は，親しい者のそれではないようだ．また額縁についても，「彼」がその価値を共有していることを窺わせる記述はない．だが，もしそれが家族だったとしたらどうであろうか．「彼」にとって彼女は，「隣に座る女性」にすぎず，その顔は取り外されたようで，誰と認識できないのである．復元できない家族写真や，無疵で残っているのに人が住むことができない水中の家，それらすべてが指し示す方向には，崩壊した家族像が浮かび上がる．

失われた家庭

ここで思い起こされるのが，登場しない子供である．先に見たように，'a child's/ shock-headed doll' の部分を読んだ読者は一瞬，洪水に巻き込まれ，衝撃のただ中にある子供の存在を思い浮かべかけるが，それは人形の形容にすぎ

---

1) *Oxford English Dictionary*. Online. 'baroque, adj.'; 'absurd, adj.1'. 2017 年 3 月 27 日最終閲覧.

2) 'baroque' 'absurd' は，いずれも精神性を指向する語であり，その名を冠した芸術運動（「バロック音楽，建築」，「不条理演劇」など）も存在する．

なかった．また沈んだ家の中に「無疵」で残っている 'baby-grand' は，赤ん坊ではなく，ピアノである．しかし，こうして同じような，いわば見せかけの描写が続くと，むしろ人形の持ち主である子供，ピアノを弾いていた／弾くはずだった子供の不在が強調されることになる．

とてつもない災害に見舞われ，子供が失われて家族が崩壊したのか．となれば，関係性が明らかにならない男女の登場人物は，その両親である，という読み方が一つの可能性として浮上するかもしれない．いや，その前に私たちは，ずっともち続けてきた，「彼」は誰なのか，そして「語り」は誰のものか，という疑問に立ち戻らなくてはならない．

ここまでの「彼」の「見る」行為とその対象を振り返ってみよう．

1. Later he must have watched
2. He saw it through the water when he dreamed
3. he remembered the rescue boat
4. Later, he would see her

1. （上空から見た「洪水」）彼が直接見たはずのない風景．ニュース映像を通したものと推測されるが，そのことも推論の域を出ない．
2. （水中の彼の家）彼が夢で見たが，実在するかどうかはわからない．
3. （救助ボートの様子）彼が直接見たものとして記憶されている．
4. （ボートからの上陸の様子）彼がニュース映像を通して見ると予想される．

こうしてみると，彼の「見る」という行為とその対象との関係は，どれも間に何か（ニュース映像，夢，記憶）を介在した間接的なものである．その一方で，詩の中に書かれていないが，その前のいわば 0 に当たるところで，彼が「洪水」を直接経験し，自分の目でその有様を見ていることがすべて前提となっている．では，見た風景ではなく見ていないはずの風景が頭の中に残り，夢を見，目が覚めて経験したことを思い出す，その「彼」を，みなさんはどのような姿の人物として想像してこられただろうか．年齢は？　風貌は？　そして……生死は？　いまさらながら，これらについて，私たちはまったく鍵を与えられていないことに気づく．つまり，「彼」は，例えば家族を失った父親かもしれないし，子供かもしれないのだ．さらに失われた子供だとしたら，亡霊であるという可能性もある．「女性」の隣に座っていたはずなのに，上陸する場面の描写がないのだ．

では，「語り」は誰のものだろうか．最初に確認したとおり，この「語り」は，「彼」の内面を見通すが，そのすべてを把握できているわけではない．また，「洪水」自体について，ある解釈を含んで描写している．こうは考えられないだろうか．これは，「彼」自身の語りである，と．上の条件をすべて満たすような視点は，「彼」にしか当てはまらないのである．しかし，その「彼」の視点が，詩を通じて動き続け，不安定で不完全なものであったことは，これまで見てきたとおりである．そして，そもそもなぜこの語りは，一人称（「私」）ではなく，三人称（「彼」）なのか．

一つの解釈は，そうすることでしか表現できなかったから，というものだ．あまりに過酷な状況を咀嚼しようとするとき，当事者が当事者として一人称で語ることができないとすれば，そこから距離を置く方法の一つとして，三人称に置き換えるということが考えられる．その距離は，時間的なものであるかもしれない．大人の語り手が，子供時代の自らを「彼」として描いているのである．

となれば，「洪水」自体も，実際の災害ではなく，すべてを覆い尽くすもの，家族を崩壊させるもの，ノアの洪水を重ねるとすれば，罪に起因する滅亡と再生を示唆するものの表象であるとも考えられる．そこで思い出されるのが，人形の描写に用いられた 'shock-headed' の語である．この形容詞は，'Shock-headed Peter' の名で知られ，19 世紀ドイツの精神科医ハインリッヒ・ホフマン（Heinrich Hoffmann, 1809–94）によって書かれたしつけの本（『もじゃもじゃペーター』のタイトルで邦訳）に登場する身だしなみのわるい男の子を連想させる．この本には，ペーターのみならず，ほかにもさまざまな不品行とこれに呼応する罰が恐ろしい絵とともに載せられている．先に述べたとおり，「語り」が，この「洪水」をノアの洪水に見立て，地上の堕落と神の罰のような「計画」と解釈しているとすれば，『もじゃもじゃペーター』に見られるような「悪い子」に与えられる罰をそこに重ねることができる．すなわち，幼い子の意識が，この「洪水」を自分の罪に対するなんらかの罰として極大化，視覚化しているという可能性である．

家庭のあるべき姿は水中に無人で保存され，ボートで横に座る女性――母親だろうか――に顔はなく，家族の写真は額縁からはずれている．そして何より，助けられて岸に上がる光景の中に，自分の姿は含まれていないのだ（父親については，そもそも言及さえもない）．奇妙なタイトル「洪水の中で泳ぐ」は，そうしてみると，終わりのない洪水の中で生き続けることを示唆する．この詩は，三人称の自然災害の物語として語ることしかできないような救いのない心理的な傷の表現なのだということになる．そしてまた，このような複雑な「語り」という行為こそが，「彼」にとっての「泳ぎ」であるという言い方をすることもできるかもしれない．表現するすべを知らぬ混沌を抱え続ければ，いつその中にのみ込まれるともしれないのだ[3)]．

文学が語る「真実」

この詩を書いたジョン・バーンサイド（John Burnside, 1955-）は，スコットランドのカトリック家庭に生まれた．父親は，酒やギャンブルに溺れ，バーンサイドの子供時代は，必ずしも幸せなものではなかったようだ．と，こう書けば，'Swimming in the Flood' もまた，伝記的要素の強い，個人的な作品と見えるかもしれない．しかし，話はそれほど単純ではない．文学者の中には，私的な生活をしばしば作品に反映させる者もいれば，まったくそうしたところから離れて書く者もいるが，中には反映させているように見せて書く者もいる．上のような伝記的な情報が，詩を読むときに優先的な鍵を与えるとは限らないし，またもし仮にそういう読み方しかできないとすれば，その詩はきわめて限定的な世界しか読者に提供していないことになってしまうであろう．ここで重要な

3）こうして語ることによってしか，その傷を見直すことができないのだとすれば，私たちは文学の伝統を振り返り，ロマン派の詩人，S・T・コウルリッジの「老水夫行」（'The Rime of the Ancient Mariner', 1798）を想い起こすことができる．航海中に，贖いようのない罪を犯してしまった老水夫は，帰還後，永遠にさまよい続け，自らの罪の物語を語り続けることを運命づけられる．「老水夫行」で圧倒的な水の世界は，人間精神そのものの表象であるとも言える．

のは，それがどのような形で作品に表現されているか，ということである．

バーンサイドの小説に，『僕の父についての嘘』（*A Lie About My Father*, 2007）という作品がある．明らかに自伝的と思われるような細部をもちながら，この小説は，タイトルから「嘘」であることを宣言している．作品の中の「僕の父」は，自らの出自についてさまざまな（時には互いに矛盾する）嘘の物語をつくりあげる．しかし，嘘はしばしば回避しようとする真実を物語ることもある．こうして「語り」によってできあがった父親像は，当然息子としての「僕」との間にも虚実ない交ぜの複雑な関係性を生じさせる．それをさらに息子の口から「語る」のが，この小説だ．'Swimming in the Flood' を伝記的に読もうとするなら，「彼」は詩人自身かもしれないし，子供としての彼の父かもしれない．あるいは，両者の二重写しかもしれない．「嘘」としてしか書けない真実．他人の物語として書くことによってこそ語れる真実．文学をとおして表現されるのは，そういうものであり，それはまた読者が自分の想像力のフィルターをとおして相対することでのみ，それぞれ自分自身にも関わる真実として受け取ることができるものなのだ．

[詩人紹介]

ジョン・バーンサイド（John Burnside, 1955-）

スコットランド，ダンファームリン生まれ．コンピュータのソフトウェア・エンジニアを経て，1996年から執筆に専念し，後にセント・アンドルーズ大学英文学部教授．自然，性，死，暴力，欲望，信仰などを主題として詩，小説を書いている．詩集に，*The Hoop*（1988），*Swimming in the Flood*（1995），*Asylum Dance*（2000），*The Good Neighbour*（2005），*Black Cat Bone*（2011）など．父親への複雑な思いを綴る小説 *A Lie About My Father*（2006）やその続編で薬物依存，精神病院への入院などの過去を振り返る *Waking Up in Toytown*（2010）もある．

[作品が収められた詩集]

Burnside, John. *Swimming in the Flood*. London: Jonathan Cape, 1995.

[読書案内]

Burnside, John. *A Lie About My Father*. London: Vintage, 2006
———. *A Summer of Drowning*. London: Vintage, 2012.
理化学研究所脳科学総合研究センター編『つながる脳科学』講談社ブルーバックス, 2016.

[ディスカッション]

本講では，詩人が作品の中で「真実」を語ろうとするとき，虚実ない交ぜにしたり，人物間の距離を調節したり，さまざまなフィルターをかけることを見てきました．読者はさらに，それぞれ自分の想像力のフィルターをとおしてこれを受け取ります．あなたは 'Swimming in the Flood' について最初どのような印象を受けましたか．繰り返し読むことで，その印象は変化したでしょうか．自分の読解の過程を辿って分析してみてください．

■第8講　フェミニズム

白い部屋の中で

キャロル・アン・ダフィ「小さな女の頭蓋骨」

詩とフェミニズム

みなさんは，「桂冠詩人」（Poet Laureate）という称号を耳にしたことがおありだろうか．英国王室では，その時代を代表する詩人をこれに任命し，戴冠や王位継承者誕生などの大きな出来事があると，これにふさわしい詩の創作を依頼することになっている．その時代を代表するのが誰か，そしてそのことにどれほどの文学的価値があるかは別として，これに選ばれるということは，存命中に一定の社会的認知度があることを意味している．キャロル・アン・ダフィ（Carol Ann Duffy, 1955-）は，2009年にこの「桂冠詩人」に指名されたが，ジョン・ドライデン（John Dryden, 1631-1700）が1668年に初めてこの称号を得てから300年以上の歴史の中で実に初の女性であった．ことほど左様に，詩人は男性の職業であるという固定観念が詩壇に根付いてきたことは否定できない．20世紀になると女性詩人の認知度は高くなり，また，まるで存在しないかのように扱われてきた，それ以前の時代の女性による詩の研究も進んでいる．ダフィはフェミニズムの詩人として知られ，そうしたことに強い意識をもって詩作に臨んできた詩人の一人である．

'Small Female Skull'（「小さな女の頭蓋骨」）は，タイトルと1行目から'female'「女の」[1]という形容詞を付し，女性をその主題としていることを明示している．ダフィは，女性自身による一人称の語りをよく手法として採用している．彼女を一躍有名にした *The World's Wife*（『世界の妻』，1999年）という詩集では，ミ

1）もう一つの形容詞'small'も，19世紀の骨相学では，しばしば知性の優劣にも関わるような言説の「科学的」根拠とされてきたことに言及していると考えられる．

ダス王の妻，イソップの妻，ダーウィンの妻からクイーン・コング（キング・コングの妻）まで，有名人である夫とは対照的に物語の表舞台に登場しない，あるいはその言い分が採り上げられることのない「妻」の声を想像して詩にしている．'Small Female Skull' は，より個人的な，ダフィ自身に近い声で書かれているが，詩人としての自らを振り返るとき，彼女にとって女性性は避けて通ることのできない重要な要素である．

手の上の頭蓋骨

この詩は，好奇心を誘う非現実的な書き出しで始まる．

> With some surprise, I balance my small female skull in my hands.
> (l. 1)

自分の頭蓋骨を手に載せるとは，どういうことだろうか．首の上の頭はどうなっているのだろう．言っている本人でなくとも驚いてしまう．頭蓋骨には 'female'（「女の」）という形容詞のほかに代名詞 'my'（「私の」）がついており，その持ち主たる一人称の語り手もまた女性であることが明示されている．「驚き」は「かなりの」（'some'）ものであるとされているが，同時に語り手は，頭蓋骨を持つという非現実的な状況にありながら，それが自分のものであることを認識するという冷静さももち合わせている．'balance' という動詞が表す，平衡を保つという行為には，そうした精神的な意味合いも含まれていると考えられる．先を読み進めよう．

> What is it like? An ocarina? Blow in its eye.
> It cannot cry, holds my breath only as long as I exhale,
> mildly alarmed now, into the hole where the nose was,
> press my ear to its grin. A vanishing sigh.
> (ll. 2–5)

2行目で「私」は，その頭蓋骨を観察して「何に似ているのだろうか？」（'What is it like?'）という問いを発し，「オカリナ？」と再び疑問文で比喩を設

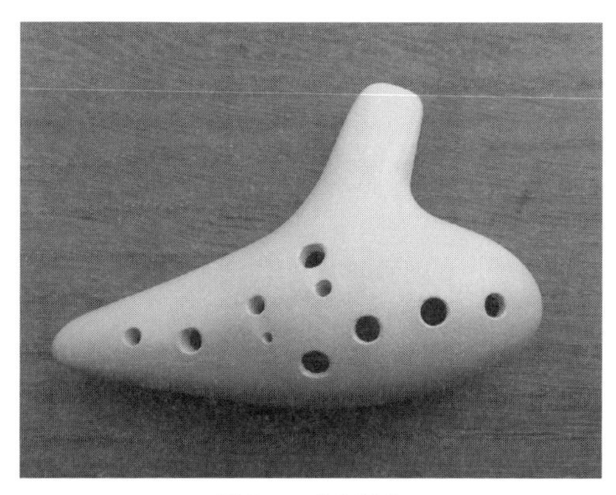

図 8-1　オカリナ

定する．1行目では一人称が繰り返され，私が，私の手の中の私の頭蓋骨について語る（I balance, my...skull, my hands，強調は引用者）という，自己完結的な語りを予想させたが，これらの問いかけが「頭蓋骨」を客体化し，語りの主体としての「私」との間に距離を築く（どうやら「私」の首の上にも，無事，頭はついているようだ）．オカリナ（図 8-1）は，写真のような曲線的な形状の陶器に複数の穴があいている単純な構造が一般的な笛で，歌口から息を吹き込み，ほかの穴をいくつかふさぐことで高さを調整して音を出す．眼，鼻，口などのあった位置に穴のあいた「頭蓋骨」をこれに喩え，語り手は息を吹き込むが，オカリナと異なってそれが鳴ることはない．吹き込んだ息がしばらく中に留まっているだけだ．

「私」の反応は，'mildly alarmed'（「やや不安に感じて」）と表現される．1行目の 'With some surprise' に比して 'mildly' という限定が驚きを緩和してはいるが，'alarmed' という形容詞は不安をつけ加える．なぜだろうか．手にしているのが頭蓋骨であることは，すでに受け入れられているのだから，オカリナに形状が似ているからと言って，そもそも楽器でないものから音が出ないことは，それほど驚くには当たらないはずだ．しかし，よく見ると「私」は鼻の穴だったところに空気を吹き込み，口であったところ（笑っているようにさえ見える）から声を聞こうと，いったん物体とつき放したはずの「頭蓋骨」を，再び人間として扱っている．このことに「不安」の原因のヒントがありそうだ．

さらに，‘cry’（「叫ぶ」）という動詞も目を引く．オカリナの穏やかな音色は，「叫ぶ」という表現とはあまり結びつかないように思われるが，どうやら「私」は「頭蓋骨」に大きな声を出して何かを表現することを期待しているようなのだ．しかし，そこにあるのは‘a vanishing sigh’（「消えるため息」）のみである．この連では，呼吸に関連する語が3回登場する——‘breath’, ‘exhale’, ‘sigh’——が，呼吸は，生命の象徴であると同時に，ロマン派の詩に頻出するように，霊感を帯びた詩の言葉としばしば結びつけられる．呼気を吹き込んだ間だけそれをためておくことは，詩人としての語り手がこの「頭蓋骨」に託そうとしたものが，そこから発信されることなく消えることにほかならない．「声」は生まれず，「ため息」として消費されてしまうのだ．そのことが，彼女に「不安」を覚えさせる．しかも聞こえなかった声は，叫びだったはずなのだ．彼女は，自分の頭蓋骨から，いったい何を聞きたかったのだろう．

「頭蓋骨」と「頭」

第二連に入ると，頭蓋骨は，‘my head’と言い換えられ，「頭蓋骨」の即物的な響きより，彼女の内面に近づいた印象を与える．

> For some time, I sit on the lavatory seat with my head
> in my hands, appalled. It feels much lighter than I'd thought;
> the weight of a deck of cards, a slim volume of verse,
> but with something else, as though it could levitate. Disturbing.
> （ll. 6–9）

‘appalled’と三度目の驚きの表現が用いられるが，この語は「顔面蒼白になる」という語源をもち，心理的衝撃や恐怖の含意がある．そう感じる理由は，手の中の頭蓋骨が想像以上に軽かったことにある．その重さは，「一組のトランプ」（‘a deck of cards’）や「薄い詩集」（‘a slim volume of verse’）ほどだと言う．

これら二つの比喩は，興味深い．ダフィが実生活でポーカーを好むことはよく知られており，詩にもしばしば登場する．「トランプ」は，たった52枚の小さな紙束だが，一組でその世界が完結し，またポーカーの勝負では，その中の1枚がプレーヤーの運命を左右したりもする．また「詩集」は，言うまでもなく，彼女の「頭」から生まれ出るものであり，その意味が薄さや軽さで測れるものではないことは，彼女自身がよく知っているはずだ．そうした内容を含んでもなお，それらが少量の紙の束としての質量に還元されてしまうことが，彼女に衝撃を与えているのである．「頭蓋骨」とその中の脳（「頭」）で営まれる活動の二重性が，ここで紙とそこに書かれた内容に擬えられている．

しかし，重さの描写はそこでは終わらない．さらに「何か別のもの」（'something else'）の存在が示唆され，それによって 'as though it could levitate'（「空中浮遊できるかのようだ」）と付け加えられているのだ．手に載せた頭蓋骨がどれほど軽くても，万有引力の法則を逃れ，自ら浮遊することはないだろう．かのようだ，と仮定法で書くのは，そのことを示している．不自然なほどの軽さをもたらす「何か別のもの」，それは，いったい何なのだろうか．その疑問が，語り手から 'Disturbing'「心かき乱す」という反応を引き出す．

この詩は語り手の反応に繰り返し言及しているが，これまで見てきたように，頭蓋骨の観察が進むにつれ，その表現は少しずつ変化している．そのことは，用いられた四つの単語を見比べれば明らかだ．「驚き」（'surprise', l.1）に「不安」（'alarmed', l. 4）が加わり，さらに「衝撃」（'appalled', l. 7）へと変わった後，この 'Disturbing'（l. 9）が「動揺」を示唆する．動詞 'disturb' は，『オクスフォード英語辞典』（*OED*）に 'To agitate mentally, discompose the peace of mind or calmness of (any one); to trouble, perplex'[2] とあるとおり，安定しているはずのものを，揺り動かし突き崩すことを意味する．詩の冒頭で 'balance'（l. 1）という動詞が用いられていたことを思い出そう．手の中で頭蓋骨の平衡が保たれているように見えたところから，かなり様子が変わってきていることがわかる．しかも，'Disturbing' は，語り手を形容するのではなく，「私の頭」の属性である．「私」は，自分の頭の中に，何か自分自身を揺るがす要素を見いだしているのだ．

ここが一つの転換点となって，これまで手の中の「頭蓋骨」を観察していた語り手が，「頭蓋骨」に働きかけ始める．

2）*Oxford English Dictionary*. Online. 'disturb, v. 2'. 2017年3月27日最終閲覧.

So why do I kiss it on the brow, my warm lips to its papery bone,

and take it to the mirror to ask for a gottle of geer?
I rinse it under the tap, watch dust run away, like sand
from a swimming-cap, then dry it – firstborn – gently
with a towel. I see the scar where I fell for sheer love
down treacherous stairs, and read that shattering day like braille.

(ll. 10-15)

額にキスをして，鏡の前で腹話術ごっこをし，洗って乾かす——それらの行為は 'Disturbing' という否定的な感想とは相容れぬ行為と見え，'So why do I... ?' という疑問文で提示される．額へのキスは親愛の情を示しているようだが，一方で一度「私の頭」と呼ばれた「頭蓋骨」は，'its papery bone'（「その紙のような骨」）と「トランプ」や「詩集」の紙の比喩を受け継ぐ素っ気ない表現に戻っている．「頭蓋骨」と「私」の関係は，自分自身でも整理がつかないもので，そのことは，先にも述べた「頭蓋骨」という物体と，その中にあるはずの，自分自身の意識を含む「頭」の二重性に起因しているようだ．

不完全な「私」との対話

腹話術が登場するのも，この分裂した自画像を反映していると言ってよいだろう．'gottle of geer' は，腹話術師が 'bottle of beer'（「ビールを一本」）と言うときに唇が動いて自分が人形の代わりに話していることが露見するのを避けるために使う言葉で，それ自体が腹話術の代名詞になるような有名なフレーズである．手の中に頭蓋骨があることにも慣れ，ちょっとふざけて，鏡に向かって頭蓋骨が喋っているかのように振る舞っているのだ．ただし，第一連で同じ「頭蓋骨」をオカリナに喩え，声を出すのを期待して息を吹き込んだ「私」とは違い，ここではさっさと発話を代行してしまっている．その内容はパブの注文のようなありきたりの 1 行であり，しかも音をずらしているため，発せられる言葉自体は意味をもたない．「頭蓋骨」と「私」は，いずれも話者としては不完全なのである．そしてまた，それを映す鏡が，さらに音さえ省いた形で不完全な「私」の幻像を再生産しているのだ．

この後，「私」は「頭蓋骨」を洗い，タオルで拭く．水泳帽から砂を出す行為は，「頭蓋骨」が容れ物であることを思い起こさせるが，タオルで水分を拭き取るときは，「初めての子供」（'firstborn'）のように，優しく慎重に扱う．傷つきやすい，細心の注意が必要なものとして扱うことで，「私」は「頭蓋骨」に刻まれた傷の痕跡に気づき，自分の人生を思い起こす．'I see the scar where I fell for sheer love/ down treacherous stairs, and read that shattering day like braille.' という2行は，よく見ると，単純な記述ではない．'fell' という動詞は 'down... stairs' と連なって階段から落ちたことを示すが，間に挟まれた 'for sheer love'（「純粋な愛を求めて」）は，物理的に階段から足を踏み外すことの理由にはならないだろう．何か愛に関わる事情を抱えていたことが怪我を引き起こしたのかもしれない，という想像を促すだけである．さらに，階段を形容する 'treacherous'（「裏切りの」）も不自然である．これも精神的な領域に関わる語だからである．何かを裏切りと感じるには，それに先だって何らかの期待があるはずで，それを抱くのは自分の側である．「頭蓋骨」についた外傷は，「点字」（'braille'）のように言語として丁寧に読まれることにより，彼女の精神の軌跡を物語ることになる．

また，語り手に従って傷跡を「読む」ことで私たちは，彼女が「愛」にまつわる何か不本意なできごとで，「心を打ちひしがせる」（'shattering'）絶望を経験したことを想像する．それはあくまで想像を介した「読み」であり，ちょうど「頭蓋骨」が，「トランプ」や「詩集」のように，紙の束でありながら別の含意をもち得るものに喩えられていたことにも似ている．不自然な言葉の組み合わせが，読者の読むスピードを落とし，「頭蓋骨」と「頭」の関係へと想像を促す．ただし，そこで注意すべきは，その発端が指で「頭蓋骨」の表面に触れるという身体的行為であることだ．人間の頭の中で起きていることは小宇宙にも喩えられ，物体としての頭蓋骨を遥かに超えた複雑さや重要性をもつように思えるが，この詩の中で語り手はあくまで「頭蓋骨」と「頭」の間の往復運動を繰り返すのだ．

最終連に入ると，彼女は再び「私の頭蓋骨」（'my skull'）に語りかける．

Love, I murmur to my skull, then, louder, other grand words,

shouting the hollow nouns in a white-tiled room.
Downstairs they will think I have lost my mind. No, I only weep
into these two holes here, or I'm grinning back at the joke, this is
a friend of mine. See, I hold her face in trembling passionate hands.
(ll. 16-20)

呟かれる '*Love*' は，親愛の情をこめた呼びかけのようでもあるが，続く 'other grand words'（「他のご大層な言葉」）と一括りにされると，概念としての大文字の「愛」であることがわかる．彼女はそれらを 'hollow nouns'「空虚な名詞」と言い換えた上で，叫ぶ．ここで，'murmur' と 'shout' の二つの動詞が使われていることに注意が必要だ．'*Love*' は，先に触れたように，初めに呟いたときには，目の前の「頭蓋骨」を指しているようにも聞こえ，また前連の「愛」，そのために彼女が躓いた 'sheer love' を反芻しているようにも聞こえる．いずれにしても，'murmur'（「呟く」）という発話の形態が，この語に個人的な暗示を与えているのだ．一方，'other grand words' 'the hollow nouns' は，個々の語の内容さえ明示されず，ただ叫ぶ声が「白いタイルの部屋」（'white-tiled room'）に朗々と響くだけである．

白い部屋

さて，ここでこの詩の舞台となっている部屋について考えてみたい．6 行目の 'lavatory seat'（「便座」）から明らかなように，ここは女性用トイレの個室である．詩の舞台としては，あまり採用されない空間と言ってよいだろう．「白いタイル」は，そうした設定から見ると，ありふれた内装であると言える．しかし，彼女はなぜここで叫んでいるのだろうか．注目すべきは，'shout' という動詞と，第一連の 'cry' の関連である．第一連で，「頭蓋骨」は，語り手が吹き込む息をしばらく留めるのみで，叫ぶことができない．一方，ここでは語り手が代わりに叫ぶのだが，それは空虚な単語を発信することにすぎない．'hollow' という形容詞は，空気を中にため込むだけの空っぽの「頭蓋骨」を連想させる．トイレの白く無機質なタイルの壁は頭蓋骨そのものを思わせ，語り手が自分の頭の中に入っているような奇妙な入れ子構造ができあがる．

頭とは不思議な空間である．頭蓋骨に囲まれた身体の一部であると同時に，

表 8-1 「頭蓋骨」と「私」の比較

	「頭蓋骨」			「私」	
	呼称	比喩	特徴	行動	反応
第一連	-my small female skull	-ocarina	-cannot cry -hold my breath -grin	-balance -blow in its eye -exhale -press my ear	-with some surprise -mildly alarmed
第二連	-my head	-deck of cards -slim volume of verse -something else	-lighter than I'd thought -as though it could levitate -disturbing -papery bone	-kiss	-appalled -[disturbed][3]
第三連		-swimming-cap -firstborn	-scar	-take it to the mirror -ask for a gottle of geer -rinse -watch -dry -see the scar -read...like braille	
第四連	-my skull -her face	-friend of mine		-murmur -shout -weep -grin -hold in trembling, passionate hands	

記憶や思考，感情など目に見えない要素が活動する精神のありかとも見なされる．この詩で語り手が，その双方を往き来することは，ここまでに見てきたとおりであるが，もう一度，整理してみよう（表 8-1）．

第一連で「頭蓋骨」を手に載せた「私」は，驚きを感じつつ，これに働きかける．しかし，期待に見合う反応はない（'it cannot cry'）．その期待は，「頭」に寄せられたものであったから，容れ物としての「頭蓋骨」には応えられなか

3）'Disturbing' を語り手の反応としても記載した．

ったのだ．第二連では，「私の頭」と呼びなおすが，「頭」にしては軽いことに再び動揺を覚える．そして，自らの行動に説明がつかぬまま，ここから「私」が働きかけを始める．三連で「頭蓋骨」は，「頭蓋骨」とも「頭」とも特定されず，'it' と代名詞のみで呼びかけられ，その描写も急激に少なくなる．一方で，ここからは「私」の働きかけが中心となり，「頭蓋骨」の傷が「頭」の中の記憶と結びつく．

最終連では，第一連で「頭蓋骨」が成し得なかった「叫ぶ」という行為を，白い壁に囲まれた「私」がまるで「頭蓋骨」の中の「頭」のように行う．しかし，その言葉は「空虚」で，空っぽの「頭蓋骨」にも似ているところがやや自嘲的とも感じられる．階下では，トイレで大きな声で叫ぶ「私」は「頭がおかしくなった」（'lost my mind'）と思うだろう，と想像する[4]．

最後の部分で「私」は，「頭蓋骨」の眼窩が「二つの穴」（'two holes'）であることを認めつつ，そこに涙を流す．第一連で皮膚がないために歯を出して笑っているように見える「頭蓋骨」の口を 'its grin' と呼んでいたことに呼応するように，「私もこの冗談ににやりと笑い返す」（'I'm grinning back at the joke'）．「冗談」は，自分の頭蓋骨を持ってトイレで叫ぶ，という，この信じがたいほど日常を逸脱した状況の全体を指している，とでも言おうか．そして，やや儀式めいたこの交歓（涙と笑いの共有）を経て，「私」は「頭蓋骨」を自分でも物体でもなく，「私の友達」と呼ぶ．身体（'trembling'），精神（'passionate'）双方の反応の表出の場としての手に載せるのは，「彼女の顔」（'her face'）である．代名詞は，'it' から 'her' に変わって人格化されたとも言えるが，また 'my skull','my head' から変わって客体化されたとも言える．そしていままで認識できなかった「顔」が，ここで初めて現れる．

4）文字通りに訳すと「頭を失った」となるこの言い回しは，自分の頭蓋骨を手の上に置き，それを「私の頭」と呼ぶ語り手の「頭」はどこにあるのか？　というこの詩の根本的な疑問と結びついてユーモアを感じさせる．また，「頭がおかしくなった」という推定は，おそらく飲酒と結びつけられた，それほど深刻でない揶揄であろう．

女の頭蓋骨・女の声

手に頭蓋骨を持って語るという仕草には，よく知られた先駆けがある．シェイクスピアの『ハムレット』の第五幕第一場，いわゆる「墓掘りの場」である．幼い頃にかわいがってもらった宮廷の道化師ヨリックの頭蓋骨を手に，ハムレットが，死について瞑想するこの場面は，中世以来のメメント・モリ（*memento mori*,「死を忘れるな」）のモチーフを継承するものである．生きている間，どれほどの権勢を極めても，才能に恵まれていても，死を逃れることはできない．そのことを忘れないために，頭蓋骨は絵画や文学，装飾の題材としてしばしば採り上げられた．この場面でも，ハムレットは宮廷を沸かす才の持ち主であったヨリックを回想するのみならず，かの「アレクサンダー大王でも土の中ではこのような姿になる」と述べている．

ではここで，「私」の「頭蓋骨」は，「私」に何を物語るのか——いや，何も物語りはしない，一方的に語るのは，ハムレット同様，「私」の方である．それでも，ハムレットには対話の相手として墓掘りとホレイシオがそばにいたが，「私」は終始，一人で自分の「頭蓋骨」に対峙している．さらにハムレットは，墓から掘り出される頭蓋骨の持ち主として政治家，宮廷人，弁護士を想像し，列挙する．これらはすべて，地上で力をもったはずの人々で，そのことが死を前にしては何の意味ももたないというのが，言うまでもなくメメント・モリの趣旨である．そして，それらはすべて男性である（この場面の皮肉は，いま掘られている墓がオフィーリアのものであり，ハムレットはそのことをまだ知らないということなのだが）．

ここで列挙される男性たちの地上での活躍ぶりが，旺盛な言語活動で表されていることも興味深い．そのことは，とりもなおさず，死後，誰もがその中に封じ込められる沈黙の力を見せつけることでもある．'Small Female Skull' の頭蓋骨もまた，語ろうとしないところからこの詩は始まる．しかし，それは，生と死の差に起因するとばかりも言えないようだ．なぜなら，語り手はそれに「叫ぶ」（'cry'）ことを期待しているからだ．第四連の語り手自身の発話も 'shout' と表現されている．そして，それを耳にした階下の人々は，彼女は「頭がおかしくなった」と思うのだ．つまり，公的な表現方法としての言語が，ここでは機能していないということになる．声が出せないか，もしくは「叫ぶ」のにメッセージが伝わらない，あるいはメッセージが意味を成さない，と思われてしまうのだ．そもそも，トイレの個室という空間自体が，他者と共有されることを目指さない，（あるいは言及することもタブー視される）きわめて個人的な空間であることを思い出さなくてはならない．そして，先に述べたとおり，それが頭蓋骨の中，「私」の内的世界の比喩であるとすれば，彼女の言葉はむなしく響いた後，自分自身に返ってくるしかない，ということになる．

女性の声は，公の場で聞こえにくい．それはまるで，トイレというとてもプライベートで，しかも公に口にすることははばかられる場で自分だけを聞き手，読み手としているようであり，もしそれが「叫び」として他の人々の耳に届いたとしても，常軌を逸した戯言と思われるのが関の山，というわけである．この詩が，疑問文や最終連の ‘No’（「いいや」），‘See’（「ほらね」）などの語を差し挟みながら，くだけた会話の口調で書かれていることも，そうした公式でない声を詩の言語として認知してゆく戦略の一つと考えることができるだろう．また，この詩に登場する比喩の中に，トランプ（賭け事，手品）や腹話術[5] のような大衆演芸や遊びに結びつくものが含まれていることも興味深い．高級な芸術とはレベルが異なると考えられる世界が，彼女の詩のありかなのだ．

さて，私たちには，まだ一つ残してきた宿題がある．第二連の「何か別のもの」（‘something else’）である．それがあることで，頭蓋骨は「空中浮遊」をするかのようだと書かれている．「空中浮遊」は，まずマジックを連想させ，上の大衆文化と結びつく．マジックには仕掛けがあり，科学的には起こり得ないことを信じ込ませるまやかしである，という見方がある．つまり，観客は騙されているにすぎない，という冷めた目である．それは，手品や腹話術にも共通することであろう．しかし，‘gottle of geer’ と腹話術師が言っているにすぎないとわかっても，人形が話すという起こり得ないことが起こることの魅力がある．人々が（一瞬にすぎなくとも）そうしたものに熱狂できるのは，その世界を信じ，そこに入り込んでみたいという願望があるからではないか．このことは，

5）最初に言及したダフィの作品，『世界の妻』も，一種の腹話術の手法で書かれていると言ってもよいだろう．

一方で文学という芸術の本質の一つの側面を捉えている．

また，第二連において，軽さが落胆の原因であったことを思えば，浮遊は，価値の逆転にもなる．軽さに価値を置くことができれば，重く大きく高級なものに対抗することにもなり得る．となれば，それを成し遂げることができる'something else'は，常に中心からはずれ，名付けられることもなく，その他と目されてきた，声なき存在ということになるのではないだろうか．ダフィの詩は，そうしたものに，ふさわしい声を与える営みでもあるのだ．

[詩人紹介]

キャロル・アン・ダフィ（Carol Ann Duffy, 1955–）

スコットランド，グラスゴーのアイルランド系の家庭に生まれ，6歳でイングランドのスタフォードシャーに移る．リヴァプール大学卒業後，*Standing Female Nude*（1985），*Selling Manhattan*（1987），*The Other Country*（1990）などで，しばしば現代社会の中で周縁化される人々を題材とした作品を書き，*The World's Wife*（1999）や *Feminine Gospels*（2002）では女性とその社会的な境遇をフェミニズムの視点から描いた．演劇や児童文学作品もある．2009年から，初の女性，初のスコットランド出身の桂冠詩人となっている．

[作品が収められた詩集]

Duffy, Carol Ann. *Mean Time*. London: Anvil, 1993.

[読書案内]

Adcock, Fleur, ed. *The Faber Book of 20th-Century Women's Poetry*. London: Faber, 1987.

Dowson, Jane, ed. *The Cambridge Companion to Twentieth-Century British and Irish Women's Poetry*. Cambridge: CUP, 2011.

Duffy, Carol Ann. *The World's Wife*. London: Picador, 1999.

Walters, Margaret. *Feminism: A Very Short Introduction*. Oxford: OUP, 2005.

Whyte, Christopher, ed. *Gendering the Nation: Studies in Modern Scottish Literature*. Edinburgh: Edinburgh UP, 1995.

[ディスカッション]

'Small Female Skull'が発表された1993年から，ジェンダーやセクシュアリティをめぐる議論は，大きく変化・進展しています．この詩が捉える「女性」性を，再評価してください．

■第９講　アイデンティティ

消える「私」／もう一人の「私」

ポール・マルドゥーン「司教」「なぜブラウンリーは去ったか」ほか

自己という謎

人は，自分とは誰か，という永遠の謎に，さまざまな問いを通して挑み続けてきた．他人から見た自分の姿は，真の自分なのか．自分から見た自分なら，そうだと言えるのか．いや，そもそも真の自分というもの自体，果たして存在するのか．第７講，第８講を見ればわかるとおり，詩もまたしばしばそうした自身の正体，アイデンティティの問題を考える場となってきた．'Swimming in the Flood' は，自分自身を「彼」と三人称で呼んで距離を置きつつ，その意識，無意識を記憶や想像をとおして探っている．'Small Female Skull' は，「私」という存在を，「女性」性を前景化して規定し，周囲の目が形成する「私」と自意識の中のそれを，頭蓋骨という分身との対話から問いただそうとする．本講では，突然消える人物を描くポール・マルドゥーン（Paul Muldoon, 1951- ）の詩を３篇取り上げて，また別の角度から考えてみよう．

二つの世界

最初の詩，'The Bishop'（「司教」）は，聖職者になろうとしていた男の次のような唐突な方向転換から始まる．

The night before he was to be ordained
He packed a shirt and a safety razor
And started out for the middle of nowhere,
Back to the back of beyond,

(ll. 1-4)

'be ordained' とは，カトリック教会において司祭に任命されること（「叙階」）を指す．聖職者になるためには，長い準備期間が必要であり，また生活のすべてをそのために捧げなくてはならない．それだけの覚悟をもって，男はこの道を選んだはずなのである．そして明日いよいよ叙階という夜に，彼はシャツと，まるで何かを断ち切ろうとするように，安全剃刀だけを持って旅立つ．旅立つ先は，'the middle of nowhere'（「人里離れたところ」），'the back of beyond'（「奥地」）と慣用句を用いて記されるのみで，どこと特定されず，奇妙に抽象化されるが，第二連に入ると，そこはさらに，

> Where all was forgiven and forgotten,
> Or forgotten for a time. [...]
>
> (ll. 5–6)

と言い換えられる．後戻りができないはずの時点で，突然進む道を放棄したのであるから，「許され，忘れられる」ことが必要であったことは，想像に難くない．しかし，その場所が 4 行目では 'Back'（「戻る」）という表現を以て示されていることにも留意しなくてはならない．戻ってゆくということは，そここそが彼の原点であった，少なくとも聖職者になろうという決意以前に彼の属していた世界であったということになる．同時に，'the middle of nowhere' の 'nowhere' は，慣用句の一部であることを超えて，文字通り「どこでもないところ」を示唆する．つまり，男は組み込まれようとしていたカトリック教会の組織，序列を逸脱し，何の文脈にも属していない場へと戻ろうとしているのである．

そこで彼は，幼なじみの恋人と結婚し，おじの遺産を相続する．結婚と資産の所有は，いずれも彼がもう一つの道を選んでいたら，人生に含まれなかったはずの要素である．やがて年月が経過する．

> [...] He would court
> A childhood sweetheart.
> He came into his uncle's fortune.
>
> The years went by. He bought another farm of land.

His neighbours might give him a day
In the potatoes or barley.
He helped them with their tax demands.

There were children, who married
In their turn. [...]

(ll. 6-14)

男は「また別の農地を買う」．'another' という語は，彼がすでに土地を持っていることを物語る．おそらくは，おじの遺産で生活基盤となるべき土地を手に入れたのであろう（土地とのつながりが新たなアイデンティティを与えることは，アイルランドにおける土地の意味を考え合わせると興味深いが，これについては後述する）．農地を買い足すのだから，彼のそこでの生活は，順調に定着・発展したと考えられる．隣人たちとも農作業や税金などで日常的に助け合う，持ちつ持たれつの関係を築き，共同体の欠かせない一員としての位置を占めているようだ．子供たちもそれぞれ成長，結婚し，家系的にも次世代に展開している．

しかし，年老いたある冬の朝，彼は前の晩に降り積もった雪に顎まで埋まって肘掛け椅子に座っているところを孫娘に発見される．

[...] His favourite grand-daughter
Would look out, one morning in January,
To find him in his armchair, in the yard.

It had snowed all night. There was a drift
As far as his chin, like an alb.
'Come in, my child. Come in, and bolt
The door behind you, for there's an awful draught.'

(ll. 14-20)

雪ですっかり土地が見えなくなったとき，そこに顎まで埋まった彼は白い「司祭服」（'alb'）をまとっているように見える．すなわち，土地との関わりをとおして彼は新しい文脈を築いたかに見えたが，すべてを埋め尽くす雪が象徴的にその関わりを隠してしまう，あるいは白紙に戻してしまうと，断ち切ったはずのもう一人の自分が現れ出てくるのである．

先に引いた6行目で，'Or forgotten for a time.'（「ひとまずは忘れられる」）とさりげなく差し挟まれていたことは，彼の方向転換が期限付きの猶予である可能性を示唆していたのだろうか．彼は，人生の流れの選択を前にして，別の道を選んだ．しかし，それが彼にとって本来の自己を取り戻すことであったのか，あるいは逆に本来の自己であるはずの道を失うことであったのか，明らかにされることはない．自分が蝶になる夢から覚めた人なのか，人になる夢を見ている蝶なのか，と問う荘子の説話「胡蝶の夢」を思い起こしてもよいかもしれない．どちらがほんとうの自己なのか，なぜ，どのようなときに転換が起こるのか，など，次々に湧く疑問への答えは用意されていない．

むしろ，転換を挟んで二つのまったく違った生き方が相対的な価値として並べられているところに，この詩は成立しているように見える．屋外に座っている彼が孫娘に呼びかける言葉は印象的だ．「お入り」（'Come in'）では明らかに内と外が逆転しており，彼がすでに別の世界にいることを示唆する．「わが子よ」（'my child'）は，祖父の孫への呼びかけとして不自然ではないが，彼女が「孫娘」（'grand-daughter'）であることが直前に記されていることを思えば，前連で示された家系の展開を曖昧化するものともとれる．むしろこの呼びかけは，神父の信徒に対するそれのように聞こえるのだ．そして，最終行のドアこそが，二つの世界の結節点である．錠を下ろすよう命ずる言葉で，男にとって二つの世界が相容れないものであることがわかるが，同時にそこに「すきま風」（'draught'）が吹き抜けていることから，二つの世界の間には空気の流れが起こり得ることも示唆される．

'The Bishop' というタイトルを思い起こしてみよう．彼は，司祭（a priest）に叙階される前に去っているが，'bishop'（「司教」）は，それより高位の聖職者であり，司祭を叙階することができる身分である．もし，自分が生きなかった聖職者としての人生への扉を生涯の終わり近くに再び開いたとき，彼が「司教」になっていたとすれば，不在の人生の中にも変化や成長はあったということになるのだろうか．また，クレア・ウィルズが指摘するように，「司教」が，彼が一度は聖職を志したと知った隣人たちが親しみとユーモアをこめて彼を呼ぶ綽名だったとすれば，離れたはずのもう一つの世界は，彼の生き方のうちに透けて見えていたという解釈も成り立ち得る[1]．二つの世界の間の転換は，あれかこれか，という単純な二者択一ではないのだ．

奪われた自己

さらに，こうした転換は，必ずしも意識的な選択の帰結であるとは限らない．本人の意思に反して起こる場合もある．次に 'Identities'（「アイデンティティーズ」）という詩を読んでみよう．

> When I reached the sea
> I fell in with another who had just come
> From the interior. Her family
> Had figured in a past regime
> But her father was now imprisoned.
> （ll. 1–5）

語り手「私」は，海辺で「もう一人」（'another'）'the interior' からやってきた人物と出会う．'another' という表現は二人が同じような行動をとっていたことを示すから，'the interior' は「内陸」を意味すると推察される．「私」とこの人物（女性）は，どちらも内陸から海辺へとやってきたのである．続く描写で女の出自が具体的に明かされると，話は一気に劇的になる．彼女は過去の体制下においては，かなりの位置を占める家柄の出であったが，おそらくはその体制の崩壊に伴い，父親は収監されているというのだ．私たちは，こうした急激な状況の変化を経験したさまざまな国や地域を具体的に思い浮かべる．もちろん，マルドゥーンの出身地アイルランドもその一つである．そして，その出自こそが彼女がこの海辺に至った原因でもあるらしいのだ．

> She had travelled, only by night,
> Escaping just as her own warrant
> Arrived and stealing the police boat,
> As far as this determined coast.　（ll. 6–9）

1）Clair Wills, *Reading Paul Muldoon* (Newcastle upon Tyne: Bloodaxe, 1998), p. 76.

'warrant' は「令状」であるから，父親同様，彼女にも逮捕令状が出たところで，女は警察の船舶を盗むという大胆な方法で，夜陰に乗じてこの海岸まで逃げてきたのである．'determined' とあるから，この海辺は彼女にとっては，逃亡の計画の一部として予め決められていた地点であることがわかる．

しかし，「私」との出会いは偶然だったようだ．少なくとも，「私」はそう捉えていた．

As it happened, we were staying at the same
Hotel, pink and goodish for the tourist
Quarter. She came that evening to my room
Asking me to go to the capital,
Offering me wristwatch and wallet,
To search out an old friend who would steal
Papers for herself and me. Then to be married,
We could leave from that very harbour.

(ll. 10-17)

同じホテルにたまたま宿泊した（「観光客向けの地区にしてはなかなかよい感じ」という感想から推して，「私」にとってここは，初めて泊まる宿であったことが窺える）「私」に，彼女は大胆な依頼を持ちかける．腕時計と財布と引き替えに首都へ行って，彼女の旧知の友人を探し，書類（'Papers'）を盗んでもらう，というものだ．驚いたことに，これは「彼女と私」の分（'for herself and me'）であり，その書類を使って二人は出港し，結婚する手はずだというのだ．彼は彼女の隠密の行動に手を貸すのみならず，その一部となることまで計画されていたのである．加速度的に展開する物語はスリリングで，表現の簡潔さが読者の想像をふくらませ，サスペンス映画を観ているような気分にさせられる．

その先は，という期待を宙づりにしたまま，二人についての描写はここで唐突に終わる．短い最終連は，現在の「私」の視点から綴られる．

I have been wandering since, back up the streams
That had once flowed simply one into the other,
One taking the other's name.

(ll. 18-20)

この計画の結果について詳しい説明はない．書かれているのは，その後の二人の行動ではなく，なぜか一人で彷徨う「私」の姿のみである．どうやら続く川の比喩が真相を物語っているようだ．内陸から海辺へとやってきた二人は，それぞれ川に喩えられている．合流（'flowed simply one into the other'）は，彼女の提案する結婚であろう．そうすれば，彼女は彼の名を使うことができる．名のある家の出身であったものが，父と自分の双方が官憲に追われる身となれば，その名前や身分こそが彼女を危険に陥れる，一刻も早く手放すべきものになったであろう．問題はその後だ．「私」が，彼女とともに海へと流れ込むのではなく，一人で流れを遡っているとすれば，それは合流ではない．'One taking the other's name' は，文字通り 'one'（彼女）が 'the other'（「私」）の名前を乗っ取ってしまったことを指している．しかも，名前だけではない．それまで辿ってきた，海を終着点とする川の流れを逸脱した動き（「彷徨う」「流れを遡る」）を取り始めたとすれば，いまの彼はいったい何者なのだろう．

タイトル 'Identities' は，個々人に固有の正体とでも呼ぶべき 'identity' という語の複数形である．二人の人間の正体という意味で複数形になっているともとれるが，いろいろな意味の 'identity' という解釈も可能だろう．この語を『オクスフォード英語辞典』（*OED*）で引けば，該当する語意は２種類に分けられて定義されている．

a. The sameness of a person or thing at all times or in all circumstances; the condition of being a single individual; the fact that a person or thing is itself and not something else; individuality, personality.

b. Who or what a person or thing is; a distinct impression of a single person or thing presented to or perceived by others; a set of characteristics or a description that distinguishes a person or thing from others.[2)]

a が 'at all times or in all circumstances'，すなわち，時間の経過や周囲の状況

2）*Oxford English Dictionary*. Online. 'identity, n. 2'. 2016 年 9 月 15 日最終閲覧．

に左右されない，いわば本質的な自己を指すのに対し，b は ‘presented to or perceived by others’ と他者との関係において規定される，社会的な要素を含んだものである，と言ってよいだろう．女が必要としたのは，b である．名前や戸籍上の身分など,「書類」に記載されることで社会的に効力を発揮する ‘identity’ だったのだ．

人が周囲から，何を以てその人と認識されるのか，先に読んだ ‘The Bishop’ と比較すると興味深い．聖職者としての道を放棄した男が，新しい自己をつくりあげる過程は，幼なじみと結婚すること（姻戚関係），遺産を相続，農地を買い足すこと（資産・土地），年月が経過すること（時間）で表される．‘Identities’ で女が求めたのは結婚であり，そのことに荷担することの代償として,「腕時計」と「財布」を差し出した．いかにも怪しげな，その場しのぎの小道具のようだが，この二つはそれぞれ時間と資産を象徴しているとも考えられる．すなわち，婚姻をとおして書類上の認知を受け，資産と時間を共有するというのが彼に示された筋書きだったが，実際には戸籍は盗られ，彼は一人時を遡ろうとしている．資産がどうなったのかは不明だが，ここでは土地が初めから含まれていなかったことに注目したい．コミュニティに定着した「司教」と異なり，彼は誰でもなくなって「彷徨う」ことが運命づけられていたのである．

ところで，彼女が「私」と同じく ‘interiors’ からやってきたことを思い出そう．この語は，内陸だけでなく，人間精神の内奥をも指し得る．もし，彼女と彼がいずれも同じ人間の内面を表象していたとしたら，この詩は一人の人間の精神の変化を擬人化して書いたものと考えることもできる．ふだん，自分の中に存在することを知らない，もしくは無意識に否定している自分自身（冒頭の ‘another’ という同一性を示唆する呼び方にも注意しよう）に名前，すなわち社会的な存在としての自分が乗っ取られたとすれば,「私」は識閾下に沈潜して存在するしかない，ということになる．

背筋が寒くなるような結末だが,「私」が完全に消えたわけではない．‘The Bishop’ のように再び転換が訪れる可能性も残し，自己は多重なものとして存在するのである．‘Identities’ という複数形のタイトルは，そうした意味も含んでいると考えられる．

消える理由

さて，最後に読むのは，主人公が一度も姿を見せない詩，'Why Brownlee Left'（「なぜブラウンリーは去ったか」）である．

Why Brownlee left, and where he went,
Is a mystery even now.
(ll. 1–2)

ブラウンリーという姓で呼ばれるその人物が「去った」ことは，詩が始まった時点で既成事実である．しかも，'even now' という語句から，このことが起きてから詩の中の「現在」までに，かなりの時間が経過していることがわかる．そして冒頭から問われるのは，「なぜ去ったのか」，「どこへ行ったのか」というその理由や結果である．読者は遅れて登場した探偵よろしく，残された「手がかり」らしきものを拾い集めて，ブラウンリー失踪の事情を再構築しようとすることになる．

For if a man should have been content
It was him; two acres of barley,
One of potatoes, four bullocks,
A milker, a slated farmhouse.
(ll. 3–6)

3行目の 'For'（「なぜなら」）は，前行の 'mystery' の理由を導く等位接続詞である．2エーカーの大麦畑，1エーカーのジャガイモ畑，去勢牛4頭に乳牛1頭，スレート葺きの家屋と具体的に彼の資産が列挙され，「満足するというなら，それは彼のことだ」と語りは断定する．しかし，そもそも失踪する理由がないだけの資産，というのは存在するのだろうか．この語りが，一定の価値観をもった人物の推測から成っていることに私たちは気づく．それがブラウンリー自身のものと一致していたかどうかは，本人以外にはわからないはずだ．私たちも，自分たちなりの推理を試みた方がよさそうだ．

続いて，彼がいなくなった日の様子が描かれる．

He was last seen going out to plough
On a March morning, bright and early.

By noon Brownlee was famous;
They had found all abandoned, with
The last rig unbroken, [...]
(ll. 7-11)

3 月のある晴れた早朝，これから農作業も本番という耕作日和に，彼は自分の畑に出かけた．作業の効率を考え，早い時間から仕事に取りかかる．今日はこれだけやってしまおう，と心づもりがあったかもしれない．ここまでは，周りの誰にも納得できるごく当たり前の行動だった．それが，あとたった一畝を残した（'The last rig unbroken'）ところで，突然作業も資産も放り出してしまう．これは，説明がつかない．「昼までにブラウンリーは，有名になっていた」のである．

しかし，と私たちはもう一度考える．朝耕作に出かけるのを見られ，昼にはもう「去った」ことが噂になっている．この展開は，いくらなんでも少し速すぎる気がしないでもない．事情が不可思議であればあるほど，それが失踪であると認めるには時間がかかるであろう．急な用事を思い出して出かけたかもしれないし，何かの事故かもしれない，といった憶測がまずなされるのではないか．「有名」になるには，状況が異常であるという共通の認識と，情報の浸透の速さが必要である．ここでこの詩のもう一方の登場人物，ブラウンリーを取り巻く地域社会が浮き彫りになる．これは，おそろしく緊密な連絡網をもち，共通の価値観を有したコミュニティなのである．一畝残して耕すのをやめたことがすぐに知れ，それはおかしいと皆が判断し，尋常ならざる事態が発生したとわかってしまうのだから．

もちろん北アイルランドというマルドゥーンの出身地域を思い起こせば，この失踪を，政治的な背景を絡めた凶悪な事件と結びつけることもできるであろう．実際，彼の詩には，きわめてリアルな手法で，突然暴力的に破滅に導かれた一家を描くものがあるし[3)]，先に読んだ 'Identities' をその変奏と考えても良さそうだ．だがマルドゥーン自身は，インタビューで別の解釈を示唆している．

> The name itself, Brownlee, suggests a brown meadow, a ploughed field, and so—in a strange sort of way—his end is in his name; he's fulfilled his purpose even before he begins.[4)]
>
> ブラウンリーという名は，茶色い畑，耕された土地を示唆します．つまり，奇妙なことに，彼の行く末はその名の中にある．始める前から目的を果たしているのです．

土地は彼のアイデンティティの一部，ということになる．終わりかけた仕事を唐突にやめることの不可解さもさることながら，土地を所有する者がそれを放棄することの重大さは，自らのアイデンティティを放棄することにも匹敵するのである．アイルランドにおけるイングランドの植民地支配が，つねに土地の剥奪と結びついていたことを思えば，このことは想像に難くない．

「耕された土地」を示唆する名の男にとって，畑を耕し終えることはまさに予定調和的な結末であり，そのことに象徴されるあまりに当たり前のことの運びに嫌気がさしたのだとすれば，周りの人々の反応も頷ける．彼らは，その予定調和的な結末をこそ期待していたのである．列挙された資産も，失踪前の行動もそのタイミングも，すべてが名前と同じく社会が彼を示す指標として貼り付けた記号にすぎない．

誰も知らない自己へ

'Why Brownlee Left' の直前に載せられた詩 'Anseo'（「アンショー」）には，Joseph Mary Plunkett Ward という名の少年が登場する．ウォード家では，生まれてきた男の子をジョーゼフと名付けるときに，アイルランドでは誰もが知

3）例えば，Paul Muldoon, *Mules* (London: Faber, 1977), p. 58. 'Armageddon, Armageddon' 参照．

4）John Haffenden, 'Paul Muldoon' in *Viewpoints: Poets in Conversation* (London: Faber, 1981), p. 140. Michael Donaghy, 'A Conversation with Paul Muldoon', *Chicago Review*, 35.1 (1985), 84 でも同様の説明がなされている．

っている 1916 年復活祭蜂起の英雄ジョーゼフ・メアリー・プランケットの名にあやかったミドルネームを填め込んだため，彼は名前を呼ばれるたびに，周囲の者に共和主義や愛国心を連想させることになった（日本で言えば，坂本龍馬や西郷隆盛に類似した名前，といったところだろうか）．タイトルにもなっている 'Anseo' は，アイルランド語で「ここ，いまここ／全員出席，すべて異状なし」という意味であり，彼の通う小学校では，これを出欠の返事として用いていた．

When the Master was calling the roll
At the primary school in Collegelands,
You were meant to call back *Anseo*
And raise your hand
As your name occurred.
Anseo, meaning here, here and now,
All present and correct,
Was the first word of Irish I spoke.
The last name on the ledger
Belonged to Joseph Mary Plunkett Ward
And was followed, as often as not,
By silence, knowing looks,
A nod and a wink, the Master's droll
'And where's our little Ward-of-court?'
(ll. 1-14)

登場する「コレッジランズ」（'Collegelands'）の小学校は，マルドゥーン自身の通った北アイルランドのカトリック系の学校であるから，アイルランド語の使用は直截にナショナリズム志向を表明する政治的な振る舞いであった．それが最も似つかわしいと思われる名をもつ少年は，なぜかいつも欠席で，彼の口から期待された「アンショー」の語が聞かれることはないのである．ありそうな場面を繰り返し演ずることへの違和感には，子供の方が敏感かもしれない．おそらく，ウォード少年が独立の志士のように「アンショー」と答えれば，彼自身とその英雄との間の乖離[5]が一瞬，同級生をにやりとさせたのではないだろうか．もっとも同級生は，彼が不在でも「訳知り顔」（'knowing looks'）や「頷きや目配せ」（'A nod and a wink'）を交わしたのであるが．

周囲の人間がすべてを知っているような，あるいは彼らがすべてを知っていると信じているような緊密な人間関係の幻想が，ブラウンリーの失踪の動機を不可思議にした（そして人々は，「いまもなお」それが不可思議である，という見解については，一致して**疑問をもっていない**のだ）．しかし，それこそが，彼の動機を形作ったのである．何の問題もなく適合しているように見える環境も，人の心の深奥にある秘密の自己に関わることはできない．では，その秘密の自己とは何なのだろうか．それはもしかすると，本人にもはっきりとはわからないものなのかもしれない．重要なのはむしろ，それが外界の秩序との間の回路を遮断し，理解されること自体を拒んでいることなのだ．

'Why Brownlee Left' は，ブラウンリーが残した馬の描写で終わる．

　　　　　［...］ his pair of black
Horses, like man and wife,
Shifting their weight from foot to
Foot, and gazing into the future.
（ll. 11-14）

マルドゥーンがこの詩の執筆に際して，最初にインスピレーションを得た写真（あるいは実際の馬）がもとになっている[6]というこの馬たちの描写は，私たちに第一連とはまったく別種の謎をもたらす．その理由の一つは，第一連で資産の一部として列挙される牛などと違い，二頭の馬が妙に人間的に描かれていることであろう．'man and wife' は，結婚式などでも用いられる「夫婦」という成句で，通常動物に用いる 'pair' などに比して社会制度との関わりを感じさせる．この詩が，ブラウンリー自身の家族構成に一切言及しないこととは対照的だ．「体重を一方の足からもう一方に移」すときの 'foot' も人間の足を意味する語だし，馬に視線を向ける「未来」の観念があるかどうかもはなはだ疑問である．ここで語りは，人を外側から見て理解したと信じているブラウンリーの隣

5）Ward という姓への教師によるもう一つのからかい 'Ward-of-court' は，「法廷被後見人」（法廷により，後見人の保護が必要であると認められた未成年者など）を指し，英雄とはほど遠い弱者のイメージを重ねてこの乖離を強調している．

6）Haffenden, p. 140.

人の視点を離れ，目の前に見える事物からそれ以上の何かを読み取ろうとするものに変化している．隣人の視点を疑問視しながら読んできた読者には，これがより自分たちのそれに近い，詩的な視点とでも呼ぶべきものであると感じられるかもしれない．

だが実際には，馬たちは飼い主であるブラウンリーがいなければ，動けない．その場で足踏みをするだけだし，おそらく視線はただ前方に向けられているのであろう．そこに人間的な仕草を重ねて意味を読み取ろうとすることは，人間を名前，立場や資産だけで語るのと同様，甲斐のない営みである．「結婚」や「未来（時間）」が 'Identities' で架空の社会的アイデンティティを構築する材料として登場したことも思い出そう．ここではさらに，すでに所有されている「土地」まであえて放棄され，馬たちはその場から歩を進めることができないのだ．他人によって想像される像は，何も不合理な点はないはずと思われようが，何かありそうだと思われようが，決して自己の存在の中核に至ることはない．直前の 'The last rig unbroken' という一節は，耕されない最後の一畝であると同時に，'rig' を「装備」や「服装」という別の意味でとれば，すべてを明かすことを拒む，ブラウンリーの内なる自己の最後の外殻とも読める．

それでもこの馬たちの 'Shifting their weight from foot to/ Foot' という仕草は，一連の転換を考える上で，示唆的だ．体重を片足からもう一方に移すように，ブラウンリーも，「司教」も 'Identities' の彷徨う男も，人生を一つの軌道から別の軌道へと切り替えた．それが唐突で不可思議なのは，それまで属していた世界の論理を超えたところにこそ，この転換の意味が存在しているからなのである．その意味や結末は，本人たちの理解をも超えているのかもしれない．自己の全体像を把握することなど，とうてい人間の力の及ぶところではないのだ．「私」とは誰か，という謎は依然として私たちの前に立ちはだかっている．しかし，その「私」が，自分の知らない自分たちと危ういバランスを保ちながら複層的に共在しているらしいことは，この唐突な転換の瞬間にだけ垣間見えるのである．

［詩人紹介］

ポール・マルドゥーン（Paul Muldoon , 1951-）

「第1講　「謎」を学ぶ」を参照.

［作品が収められた詩集］

Muldoon, Paul. *New Weather*. London: Faber, 1973.
————. *Why Brownlee Left*. London: Faber, 1980.

［読書案内］

風呂本武敏編『アイルランド・ケルト文化を学ぶ人のために』世界思想社，2009.
Muldoon, Paul. *The End of the Poem: Oxford Lectures in Poetry*. London: Faber, 2006.
Wills, Clair. *Reading Paul Muldoon*. Newcastle upon Tyne: Bloodaxe, 1998.

［ディスカッション］

あなた自身について，131頁に引用した『オクスフォード英語辞典』の 'identity' の語意のbにあたるものをできるだけ多く列挙してみてください．それらの集積があなたについての何を捉え，何を捉え逃しているでしょうか．

■第 IV 部

現代を生きる

■第10講　地域紛争

嵐の中に立つ詩人

シェイマス・ヒーニー「犠牲者」

詩人と「紛争」

20世紀を通じて世界各地で繰り返された地域紛争のきわめて悲惨な例の一つとして記憶される北アイルランド紛争は，1960年代終盤から激化し，この地を30年以上も支配し続けた．これに先んじること数年，ベルファストのクイーンズ大学を起点として始まった若い詩人たちの創作活動は，「北アイルランド文芸復興運動」と呼ばれ，シェイマス・ヒーニーやポール・マルドゥーンなどの詩人を輩出したことで知られるが，紛争が激化した頃，20代から30代はじめという年齢だった詩人たちの創作は，ほぼ「紛争」と同時進行で行われてきたことになる．

暴力や殺戮の日常化という異常な現実が至近に迫るとき，創作活動がいろいろな意味で脅かされることは想像に難くない．とりわけ出自によって否応なく片方の側に与することを余儀なくされるような状況にあっては，なおさらであろう．宗教的にはカトリック，民族的にはアイルランド人であるシェイマス・ヒーニー（Seamus Heaney, 1939–2013）に，カトリック少数派の人々は自分たちの立場を代弁してくれる「声」であることを切実に期待した．しかし，そこには詩がプロパガンダに吸収される危険性も潜んでいる．圧倒的な現実を前にして，詩人はいかに創作の自由を確保し，また自身に対してそして世界に対して良心的であり得るか．このことを考えながら，'Casualty'（「犠牲者」）という詩を読んでみたい．

血の日曜日事件

1922年，アイルランドが長年植民地支配を受けていたイギリスから政治的に独立し，アイルランド自由国となったとき，プロテスタント系の入植者が多数を占めるアルスター6州は，これと分離し，イギリスの一部として留まった．同地域のカトリックは，アイルランド島の他のカトリックが自治を実現し自分たちの国を築いたのに対し，このことで圧倒的な少数派として取り残されたのである．その後の北アイルランド社会では，さまざまな局面でカトリック住民が差別的待遇を受け，多くの失業者を抱える貧困者層に甘んじることになった．やがて1960年代後半，世界的に公民権運動の波が広がると，北アイルランドでもカトリック系住民の権利を主張する動きが活発になる．その一つがNICRA（Northern Ireland Civil Rights Association：北アイルランド公民権協会）である．NICRAを構成していたのは，カトリックの人々ばかりではない．プロテスタントの議員やクイーンズ大学の学生，そして多数の住民が参加し，各地で北アイルランド社会の矛盾に抗議する非暴力の運動が行われた．

1972年1月30日にデリー市で行われたデモ行進も，そうした動きの一つであった．しかし，街を制圧する英国軍との接触が小競り合いを生むうちに，英国軍パラシュート部隊が銃器を持たないカトリック系市民13名を射殺した（後に病院で死亡した1名を加え，現在は14名と記憶されている）．「血の日曜日事件」として知られるこの事件は，このあと激しい暴力行為の応酬と化す北アイルランド紛争激化のきっかけと見なされている．'Casualty' という詩は，この事件を背景としている．タイトルを見ただけで，「紛争」についての作品であろうと読者が内容を予想する，そのことがまず先に述べた北アイルランド出身の詩人に運命づけられた特殊な状況であることを意識しながら，詩を読んでみよう．

パブの常連

He would drink by himself
And raise a weathered thumb
Towards the high shelf,
Calling another rum
And blackcurrant, without
Having to raise his voice,
Or order a quick stout
By a lifting of the eyes

And a discreet dumb-show
Of pulling off the top;
(ll. 1-10)

いつも「一人で」('by himself') 飲んでいる男．場所はパブだ．'high shelf' は，パブで店員が酒を用意するカウンター．声を挙げて注文する必要もなく，親指をあげたりちょっと目配せしながら栓を抜く仕草をするだけでバーテンダーと意思疎通ができてしまうこの男は，常連だろう．1 行目の 'would' は，過去の習慣を表すから，彼のその仕草を語り手は何度も見ていることになる．そしてその観察は細かい．男の親指は，'weathered'（「風雨に晒された」）とある．長年外で仕事に使った手だ．彼の職業が「漁師」('fisherman') であることは，すぐに明かされる．

At closing time would go
In waders and peaked cap
Into the showery dark,
A dole-kept breadwinner
But a natural for work.
I loved his whole manner,
Sure-footed but too sly,
His deadpan sidling tact,
His fisherman's quick eye
And turned, observant back.
(ll. 11-20)

腰までの防水長靴と庇のついた帽子を身につけ，「仕事の腕は確か」('a natural for work') らしい彼は，生き物と勝負をしている者らしく，着実で抜け目がなく，何食わぬ顔で機転を利かし，素速い目の動きで，向こうを向いてもさりげなくこちらを観察している．そのすべてに語り手は好意的な視線を向ける ('I loved his whole manner')．だが，その彼も社会的には必ずしも恵まれた境遇にはない．'A dole-kept breadwinner' は複雑な表現だ．'a breadwinner' は，家族にパン（食糧）を食べさせてくれる人，つまり一家の大黒柱という意味で，彼には養うべき家族がいるらしい．その一方で彼は 'dole-kept' すなわち失業手当によって生計をたてている．これは，先に述べたように，さまざまな場面において差別を受けていた北アイルランドのカトリックにはよく見受けられる境遇であった．

この詩には実在のモデルがいる．ルーイ・オニール（Louis O'Neill）という，湖でウナギを捕る漁師で，ヒーニーの妻の実家が経営するパブの常連だった．ヒーニーは，時々このパブを手伝うこともあったようで，オニールとは顔見知りだった[1]．この詩は，詩人自身の視点から語られている，という設定になっている．実際，この後ヒーニーらしき人物が詩人として登場する．

Incomprehensible
To him, my other life.
Sometimes, on his high stool,
Too busy with his knife
At a tobacco plug
And not meeting my eye,
In the pause after a slug
He mentioned poetry.
We would be on our own
And, always politic
And shy of condescension,
I would manage by some trick
To switch the talk to eels
Or lore of the horse and cart
Or the Provisionals.

But my tentative art
His turned back watches too:
（ll. 21-37）

'my other life' は，パブでの手伝いではなく，詩人としての自分ということだ．漁師である彼には，詩のことはよく「わからない」（'incomprehensible'）．当時

1）Dennis O'Driscoll, *Stepping Stones: Interviews with Seamus Heaney*（London: Faber, 2008），p. 214.

のヒーニーは，すでに詩人として名を成していた．オニールもそのことは知っていたらしく詩の話題を持ち出したりすることもあったが，この場で一瞬接点をもつとはいえ所詮は別の世界に住む彼と，詩について語り合うことはできず，そのことで「謙遜」（'condescension'）することも，かえって相手を見下すことになると感じて「気が進まない」（'shy of'）詩人は，何とか策を弄して話題をすり替えてしまう．しかし，その心理さえ彼に見透かされているように思えるのだ．

「犠牲者」たち

ここで近くの湖で獲れるウナギや馬についての知識などの日常的な話題に，'Provisionals' という語が交じっていることが目を引く．これはIRA（アイルランド共和軍）の「暫定派」と呼ばれる人々で，武力闘争での問題解決を主張し，1969年末により穏健な主流派と袂を分かったグループである．タイトルを見て北アイルランド紛争を想起した読者は，冒頭からここまで，「失業手当」の語に同地の構造的不均衡が脳裏をかすめるほかは，「紛争」のことを考えずに読み進む．しかし，伝統的な生活の継承を思わせる前二者の話題と並列して「暫定派」の名がごく日常的な話題として言及されるとき，一瞬にして「紛争」に支配されたこの地の生活に引き戻される．

この後，詩は一気に生々しい「紛争」の現実へと移行する．

He was blown to bits
Out drinking in a curfew
Others obeyed, three nights
After they shot dead
The thirteen men in Derry.
PARAS THIRTEEN, the walls said,
BOGSIDE NIL. That Wednesday
Everybody held
His breath and trembled.

（ll. 38-46）

「粉々に砕け散った」（'blown to bits'）という表現が，それまでの仔細な男の描

（左）はカトリック，（右）はプロテスタント側の壁絵

図 10-1　ミューラル

写を一気に破壊する．43-44 行目の大文字は，北アイルランドでよく見られるミューラル（壁絵）（図 10-1）を再現している．

パラシュート部隊	13
ボグサイド	0

「血の日曜日事件」で市民を 13 名銃撃したのは，英国軍のパラシュート部隊，ボグサイドは，デリー市でカトリック，つまり銃撃された「犠牲者」の住む地域だ．ミューラルは，街のあちこちにカトリック，プロテスタントそれぞれの政治的主張を描いたもので，ミューラルを見れば，そこにどちらが住んでいるのかわかるほどである．このミューラルは，「血の日曜日事件」をサッカーの試合に見立てたもので，英国軍がいかに一方的に攻撃したかを示すとともに，これから後半戦があるのではないか，という不穏な含みが隠されている．

しかし，オニールが「犠牲者」となったのは，「血の日曜日事件」においてではなかった．事件の 3 日後，犠牲者の合同葬儀が執り行われた日の夜，カトリックの人々が喪に服し，「外出禁止令」（'curfew'）が出されたときに，彼はいつものように飲みに出かけたのだ．この日営業するパブ，そしてそこで飲む人たちは，カトリックの人々が経験したとてつもない悲劇を共有しない人たちということになり，IRA 暫定派により攻撃を受けた[2)]．オニールが爆死した場所も，そうしたパブの一つだった．つまり彼の死は，自らの属するカトリック共同体の人々の共感を得られない死だったのだ.

共同体と個人

ここまでで三つの連から成る最初のセクションは終わり，第二セクションは「血の日曜日事件」犠牲者の合同葬儀の描写から始まる.

> It was a day of cold
> Raw silence, wind-blown
> Surplice and soutane:
> Rained-on, flower-laden
> Coffin after coffin
> Seemed to float from the door
> Of the packed cathedral
> Like blossoms on slow water.
> The common funeral
> Unrolled its swaddling band,
> Lapping, tightening
> Till we were braced and bound
> Like brothers in a ring.
> (ll. 47-59)

'surplice', 'soutane' は，カトリックの司祭や聖歌隊員の祭儀用の服である．後から後から運び出される棺は，上に参列者が手向けた花を載せ，あたかも緩やかな流れに浮かんでいるかのようである．「襁褓(むつき)」('swaddling band') を巻かれたようにぎっしりと聖堂を埋め尽くした参列者も，布が解かれたように，おのおの家路につく．前のセクションで，近い位置から「彼」を観察していた語りの視点は，ここではまるで空中から撮影する報道カメラのように遠く，俯瞰的である．参列者個々人の姿は見えず，ただ人が集まり，また散ってゆく様子が集合体として捉えられている.

襁褓は，赤ん坊を巻く布で，ヨーロッパでは，これをきつく巻くことで骨格

2) この爆破は，後に，実はプロテスタント側がIRAを装ったものだという説も出されたが，真相は定かではない．ヒーニーは，IRA暫定派による犯行であるという認識でこの詩を書いている．O'Driscoll, p. 214.

を矯正する習慣があった．銃殺された人々は，武器をもたない市民であり，同胞を失い悲しみに暮れるカトリックの人々もまた深い痛みを感じている．赤ん坊のように無防備で傷つきやすい彼ら（48 行目の「ひりひりする沈黙」（'Raw silence'）もまた，傷ついた身体を示唆している）は，教会に集まることで襁褓にくるまれたように守られるのだ．この場面が遠景として描かれることには意味がある．カトリック市民が，個人としてではなく，教会を中心に団結して傷からお互いを守ろうとする共同体としてひとまとまりに捉えられているのだ．

一方，「彼」はこのまとまりの中にはいなかった．カトリックなら誰もが家にこもって喪に服すはずの夜，開店しようとするパブには脅迫電話がかけられ，さらなる死を表象する黒旗が振られた．その中を彼は酒を飲みに出かけたのだ．彼のまわりにも仲間や家族（'his own crowd'）はいたが，彼はその人々の制止も聞かなかった――そして爆破された．

But he would not be held
At home by his own crowd
Whatever threats were phoned,
Whatever black flags waved.
I see him as he turned
In that bombed offending place,
Remorse fused with terror
In his still knowable face,
His cornered outfaced stare
Blinding in the flash.
（ll. 60–69）

65 行目以降は，爆破の瞬間を緊迫した筆致で描いている．'offending' は，目障りな，とか気に入らない，という意味で，服喪に同調しなかったパブが爆薬をしかけた人々にどう映ったかを示している．だが暴力的な制裁を容認するか否かは別として，この反感は多かれ少なかれ大半のカトリックに共有されたものであったろう．皆が悲しみのうちに連帯するこの夜に，なぜ酒を楽しめるのか．出かけたオニール自身にも，強い信念があったというわけではなかったろう．いつものようにパブで一杯やるという行為が，このような重大な結末をもたらすとは．爆発の閃光に消える直前の，「後悔と恐怖の入り交じった」（'Remorse fused with terror'）表情，「追いつめられ，押さえ込まれた」（'cornered outfaced'）眼は，読者に言いようのない戦慄を強いる．

しかし，ここで「私は見る」（'I see'）という，観察の主体はどこにいるのだろうか．爆死した人間の最後の一瞬の表情をこれほどまでに仔細に観察すれば，当然自分もそれに巻き込まれ，報告することはできなくなってしまうだろう．「私」という一人称で語られるこの部分の動詞が現在形であることに注目しよう．「私」は，パブでそうであったように観察対象としての「彼」と同じ空間にいるのではなく，見えるはずのない視点から見ているのだ．それは，これに先立つ合同葬儀の描写でも見られ始めた傾向である．そこでは「私たち」が参列者を指したが，同時に語りの視点は浮遊して遠方から彼らを見ていた．「私」はこの詩の登場人物でもあり，また登場人物には獲得し得ない視点でもあるのだ．このことは，後でもう一度考えたい．

続く部分では，普段の彼の姿が魚に喩えられて（'like a fish'）描写される．

He had gone miles away
For he drank like a fish
Nightly, naturally
Swimming towards the lure
Of warm lit-up places,
The blurred mesh and murmur
Drifting among glasses
In the gregarious smoke.
How culpable was he
That last night when he broke
Our tribe's complicity?
'Now, you're supposed to be
An educated man,'
I hear him say. 'Puzzle me
The right answer to that one.'
(ll. 70–84)

漁師である彼が獲物であるはずの魚として描かれるのは奇妙にも見えるが，

'naturally' という副詞は先に彼の仕事ぶりを描写するのに使われた，'natural for work'（l. 15）という句と符合してもいる．彼にとって魚を捕るという行為が，魚が泳ぐことの自然さと通底するとすれば，そこには動物が餌となる動物を追い，捕らえる姿が重なる．そうしてみると，彼の抜け目のなさや素速い眼の動き，観察力も，動物のそれのように感じられる．魚がルアーの方に泳いでいくように，彼自身もパブの明かりに吸い寄せられるように酒を飲みに行く．そのことが，「どれほど咎められるべきなのだろう」（'How culpable was he... ?'）と語り手は問う．彼の破った「連座」（'complicity'）は，カトリックの人々の間に発生する団結である（再び使われる「私たちの」という指示代名詞に注意しよう）が，しばしば否定的な含意（「共犯」）をもつ語である．この日，北アイルランドのカトリックの人々は怒りと悲しみのうちに一つになった．が，この団結は，新たな憎しみの連鎖，増殖に加担するものになり得たかもしれない．実際，北アイルランド紛争は，このあと一気に泥沼化したのだ．彼の本能がそれに加わらないことを選んだとして，それはそれほど責められるようなことだったのだろうか．

投げかけられた問い

この疑問は，登場人物「私」への彼自身からの問いの形で投げかけられる（ll. 81-84）．「教育がある」（'educated'）という彼の言葉は，複雑な陰影を帯びている．教育面でも差別を受けていたカトリック子弟は，1947年の教育法改正により高等教育機関への進学が可能になった．その恩恵を受けて大学に進学した第一世代であるヒーニー自身の，自らの属するはずのコミュニティに対するかすかな違和感，そしてパブの場面でオニールに見透かされたと感じた優越の自覚と当惑を，この表現は甦らせる．「いいか，あんたは教育があるんだろう，そいつ（'that one'）について正解を出してくれよ」．しかし，この質問は，答えが出ないことを知った上での挑戦のようにも聞こえる．教育を受け，詩人となり，自らを取りまく北アイルランドの状況について洞察を示すことを求められるヒーニーが痛切に感じる無力感が代弁されているのだ．

最後のセクションは，もう一つの葬儀の描写から始まる．

I missed his funeral,
Those quiet walkers
And sideways talkers
Shoaling out of his lane
To the respectable
Purring of the hearse . . .
They move in equal pace
With the habitual
Slow consolation
Of a dawdling engine,
(ll. 85-94)

爆死したオニールの葬儀である．しかし「私」は，この葬儀には最初から「行かなかった」（'I missed'）と明言しているから，続く描写はまたもや見えるはずのなかった光景，ということになる．多くの人が集まり一体となって死者を悼んだ合同葬儀とは対照的に，彼の葬儀はひっそりとしたものにならざるを得なかった．中には義理で参列した者もあるのだろう，「脇を向いてひそひそ話をする者」（'sideways talkers'）もいる．

彼方へ

ここでも参列者は「群れを成して」（'Shoaling'）いるが，'shoal' という語は，魚群に用いられる語であることが注目に値する．「襁褓」で一括りにされたと描写された合同葬儀の参列者とは異なり，その集合は緩やかでばらばらになりやすい．この魚への連想が，霊柩車のエンジンの音を介して「私」がかつて「彼」と出かけた釣りの場面へと連なる．

The line lifted, hand
Over fist, cold sunshine
On the water, the land
Banked under fog: that morning
I was taken in his boat,
The screw purling, turning
Indolent fathoms white,

I tasted freedom with him.
To get out early, haul
Steadily off the bottom,
Dispraise the catch, and smile
As you find a rhythm
Working you, slow mile by mile,
Into your proper haunt
Somewhere, well out, beyond . . .

Dawn-sniffing revenant,
Plodder through midnight rain,
Question me again.

（ll. 95-112）

二人は「入り江の奥」（'the bottom'）から広い湖へと出る．陸地は「霧に包まれて」（'under fog'）いる．この詩の中では，雨が繰り返し描かれてきたことを思い起こそう．パブの閉店時間に腰までの長靴を履いて「彼」が帰るのは，「雨の闇」（'showery dark', l. 13）だし，合同葬儀から運び出される棺は，「雨に降られ」（'Rained-on', l. 50）流れに浮かぶ花束のようだと描写されていた．それがここは「冷たい陽光」（'cold sunshine'）に包まれている．ここが彼本来の居場所（'proper haunt'）であり，伴われた語り手も彼と共に「自由を味わう」（'I tasted freedom with him'）のだ．'beyond. . .' の語が，敵と味方の間にはっきり境界線が引かれた北アイルランドの対立の構図の超越を示唆するが，それはまたどこと特定できない場所 'Somewhere' なのである．

そこでは「リズムが自分たちを動かしている」（'a rhythm /Working you'）．外からあてがわれた型に拘束されるのではなく，内なる生命力とも呼ぶべきリズムに身を任せるのは，魚と格闘する漁師だけではない．リズムは詩作の基本でもある．陸上の「紛争」のくびきから解放されたどこでもない場所は，また詩人の居場所でもあるのだ．

「私」と「彼」

やや唐突に詩の最後に置かれたこの回想の場面を理解するためには，もう一度「私」と「彼」が誰なのか，考えてみる必要がある．「私」と名乗る語り手が，その視点を繰り返し変化させることは，すでに述べた．彼はまずヒーニーの伝記的要素を纏った実在の人物として登場し，次に合同葬儀の場面では「私たち」の一人として会衆の中に含まれるように見えて上空から場面全体を俯瞰する．男が爆死する場面では，至近距離まで近づくが，それは想像上の「私」であった．男の葬儀に「参列しなかった」のは，男と同じ社会に生きる人物，パブにいた「私」であるが，描写はまたもやまるでそこにいたかのように微細にわたっている．そして，その描写はいつの間にか男とともに船で沖に出た過去の記憶へと連なる．「私」は，「犠牲者」である男と同じ「紛争」の北アイルランド社会を生きる一人の人間であり，「私たち」カトリック共同体の一員でもある．そこで詩人であることは，時には答えられない問いを突きつけられることであり，なんとか「策を弄して」その場を取り繕わざるを得ないことでもある．この詩の中で，ヒーニーは「私」をそうした実物大の人間として描く一方，その「私」の人称をそのままに詩の書き手として想像力を駆使し，自由に視点を変化させる．その両者をどちらも自分自身として認知しようとしているのだ．暴力が日常化した世界で詩人として生きることは，答えられない問いをつきつけられることであり，そこで感じる当惑は間違いなく詩人としての自分が目をそらすことのできない現実である．その一方で，彼は何とかその難しい問いに答えようともする．そしてその答えは，想像力を駆使してつくりあげた彼の詩をとおしてこそ表現されるはずのものなのである．

同様に，爆死した男にもルーイ・オニールという実在のモデルがいる．この詩の描写は，その彼についての伝記的事実に負っているものの，やはり名前が挙げられることはない．死の直前に「私」に強い印象を残す眼や，彼の口をとおして投げかけられる問いもまた，オニール本人ではなく，詩人の中に像を結んだ「彼」のものである．詩については素人で，しかし時に詩人をぎくりとさせる鋭い視線を向ける「彼」とはいったい誰なのだろうか．批評家はしばしば，ヒーニーの先輩詩人，W・B・イェイツ（William Butler Yeats, 1865-1939）の 'The Fisherman'[3]（「漁師」）という詩との類似を指摘する．夜明けの風景に溶け込むように魚を釣る「賢明で単純な男」（'wise and simple man', l. 8）――同時

3）Peter Allt and Russell K. Alspach, eds., *The Variorum Edition of the Poems of W. B. Yeats* (New York: Macmillan, 1966), p. 347.

代の社会に嫌気が差していたイェイツは，この男のために「夜明けのように冷たく情熱的な」（'as cold /And passionate as the dawn.', ll. 39-40）詩を一篇書くと宣言する．詩人としての自らの創造の根源となるような原型的なこの漁師は，「冷た」い「夜明け」との関連もあり，ヒーニーの「彼」を思わせる．しかし，二人の間の一番大きな相違は，イェイツがこの男を最初から想像上の人物である，と断っている点である．イェイツにとって彼は，自身が失望した現実と対照を成す存在でなくてはならず，したがって実在するはずはなかったのである．しかし，ヒーニーの詩においては，「私」が二種類の視点を往き来するように，「彼」もまた現実に生きたオニールであると同時に，あるいは詩人の胸の中で彼に視線を投げかけ，あるいは彼を社会の彼方へと解き放つ原型的な存在でもあるのだ．

詩に戻ろう．二人が沖に出たときに，主語は再度変わり，'you' になる．この 'you' は誰と特定できない一般的な総称である．船を出した時点で「私」と「彼」であったものが，沖に出たところで，それぞれの個人を超える．それは，「私」でも「彼」でもあり，また読者の一人一人でもあり得るのだ．

最後の3行は，再び「彼」への語りかけである．場面は相変わらず雨の降る夜中の街，その中をとぼとぼと歩く男は「亡霊」（'revenant'）となって「夜明けの匂いをかぎ分ける」（'dawn-sniffing'）．その男に「私」は，「もう一度問うてくれ」（'Question me again.'）と一度答えられなかった問いを再び求めている．この詩が発表されたのは，1979年出版の *Field Work*（『野外作業』）という詩集だった．この時期，「紛争」はますます泥沼化していた．北アイルランドに雨は降り続き，夜明けはまだ見えていなかった．しかし，「彼」はその中で「夜明けの匂いをかぎ分ける」．一方，詩人は，問いへの答えをまだもっていないが，何とか自分から問いを求めているのだから，答えようとする意志はある．状況が決して好転していない中で，詩が安易な解決を示すことはできない．しかし，この作品自体が答えの模索の記録であるとも言えるのである．

シェイマス・ヒーニーは，「血の日曜日事件」の起きた1972年夏，国境の南，アイルランド共和国に移住した．同胞を見捨てた，カトリックの詩人が身の安全を優先して自らの使命を放棄した，と激しい非難が浴びせられた．しかし，1975年に発表された詩集『北』，そしてこの『野外作業』でヒーニーは，より深化した形で「紛争」に言及した詩を書き，カトリックかプロテスタントか，こちらかあちらか，といった単純な二項対立の図式では解決できない人間心理の深みに根を下ろす暴力や憎悪への洞察を示した．'Casualty' における「私」の複眼的な視点もまた，圧倒的な現実と詩作の間に適切な距離を生み出す試みの一つであったと言える．

[詩人紹介]

シェイマス・ヒーニー（Seamus Heaney, 1939-2013）

北アイルランド，デリー州のカトリック農家に生まれた．北アイルランド文芸復興を代表する詩人，批評家，劇作家．1996年にノーベル文学賞受賞．アイルランドの植民地化の歴史や北アイルランド紛争は，詩人としてのヒーニーの意識を占めていたが，その関心はやがてより根源的，倫理的な瞑想へと深化する．*The Death of a Naturalist*（1966），*North*（1975），*Seeing Things*（1991），*District and Circle*（2006），*Human Chain*（2010）など11冊の詩集のほか，選詩集や，ギリシア悲劇，『ベーオウルフ』，中世アイルランド文学などの翻訳もある．1989-94年には，オクスフォード大学詩学教授も務めた．

[作品が収められた詩集]

Heaney, Seamus. *Wintering Out*. London: Faber, 1979.

[読書案内]

Arthur, Paul, and Keith Jeffery. *Northern Ireland since 1968*. 2nd ed. Oxford: Blackwell, 1996.（『北アイルランド現代史――紛争から和平へ』門倉俊雄訳，彩流社，2004.）
Greengrass, Paul, dir. *Bloody Sunday*. Hell's Kitchen Films, 2002.（グリーングラス，ポール監督『ブラディ・サンデー』（DVD）パラマウント，2004.）
O'Driscoll, Dennis. *Stepping Stones: Interviews with Seamus Heaney*. London: Faber 2008.
U2. *WAR*.（CD）Island Records, 1983.

[ディスカッション]

1972年1月に起こった「血の日曜日事件」について，いろいろな作品が書かれています．例えば，「読書案内」にも挙げたロックバンドU2の有名な曲 'Sunday Bloody Sunday'，ポール・グリーングラス監督がドキュメンタリー風に撮影した映画などとヒーニーの作品を比較し，創作者の「紛争」への反応のしかたについて考えてみてください．'Casualty' が詩として書かれていることは，どのような意味をもっているでしょうか．

■第11講　マイノリティ

密やかな声のドラマ

ジャッキー・ケイ『養子縁組書類』

詩から聞こえる声

私たちは詩をどうやって読むだろうか．詩集を広げて活字を追う，というのは，一つの読み方である．しかし英語圏では，しばしば詩の朗読会が行われ，詩人は自作の詩を朗読することも多いし，他の詩人の作品を読むこともある．さらには，こうした朗読が録音され，CDやインターネット上の音源として読者のもとに届けられる．英詩は，耳で聞くもの，という意識が根強いのだ．一人で詩集を開いて静かに活字を追う読者も，必ず誰かの声がそれを朗読しているところを頭の中に再現しているはずである．

では私たちは，誰の声を聞くだろうか．詩の中には，詩人が自分自身の声で語っていると感じられる作品もあり，また特定の人物の声を聞かせている場合もある．劇的独白といわれる詩は，後者の例である．さらに，複数の人物の声が想定されている場合がある．その一つは，詩劇である．例えば，シェイクスピアの戯曲のうち，悲劇は韻文で書かれており，これは劇でもあるが，詩でもあるということができる．また，対話詩のように，必ずしも演劇として上演することを前提としていなくとも，読者が複数の声を想定して読む詩もある．本講で読む，スコットランドの女性詩人ジャッキー・ケイ（Jackie Kay, 1961-）の劇詩 *The Adoption Papers*（『養子縁組書類』）は，音声劇として発表されたものであるが，多くの読者にとっては，異なった書体で表現される登場人物の言葉を，それぞれの声として読む作品になっている．活字を声に翻訳することには，どういう意味があるのだろうか．

3人の女性

The Adoption Papers には，3人の登場人物がいる．実際には同じ場所に存在しない3人の人物の実際には声に出さない独白が，かわるがわる現れる．その3人の人物とは，思わぬ妊娠をしてしまい，生まれたての子供を養子に出さざるを得ない未婚女性（生みの母）と，生まれてきた娘，そして自ら子を産むことは叶わず，養子としてこの娘を引き取る育ての母である．タイトルは，養子縁組の書類の意で，詩集の表紙には，染色体の写真が使われている．3人の言葉には，いちいち名前は書かれず，代わりにそれぞれ違った活字が使われている．

この作品は，全体が3部10章から構成され，第1部は1961〜62年，つまり主に娘が誕生し，養子縁組を経て養父母のところにもらわれてゆくまでを扱い，第2部は1967〜71年，すなわち娘が6歳から10歳，そして第3部は1980〜90年，娘が19歳になるところから29歳までという時間区分になっている．19歳という年齢は，スコットランドで養子に出された子供が，実の親についての情報開示を請求できるようになる年齢で，この詩の中の娘もまた，自分の正体を知ろうとする．その書類がタイトルにもなっている，adoption papers なのだ．

詩の始まる1961年は，ジャッキー・ケイの生まれた年であり，そして終わる1990年は，詩集の出版される前年である．彼女の父親は，詩の中の娘と同じくナイジェリア人で，彼女自身は白人の養父母に育てられており，この詩には詩人の自伝的な要素がかなり盛り込まれている．だからと言って，この詩が事実を記録しているとは限らない．とくに，生母の妊娠出産にまつわる心情は，26年間会ったことのない娘には想像で書くしかないはずである．そのことに留意しながら，3人の女性の声に耳を傾けよう．

序章にあたる部分で，3人の登場人物の独白が並べられ，これが彼女たちの立場を紹介する役割を果たしている．まずは，養母である．

> I always wanted to give birth
> do that incredible natural thing
> that women do ［...］
>
> (ll. 1-3)

ここで，自分には可能性がないとわかった妊娠・出産は，'that incredible natural thing' と，一見相容れないような二つの形容詞で表現される．新しい生命の誕生は，「信じがたい」驚異でありながら，自分以外の女性にはごく「自然」なできごととして起こるように見える．疎外感と切望が彼女を苛む．夫婦は養子縁組の可能性を考え始めるが，それにはまた別の難しさが伴う．

> even in the early sixties there was
> something scandalous about adopting,
> telling the world your secret failure
> bringing up an alien child,
> who knew what it would turn out to be
> (ll. 8–12)

1960年代初頭のスコットランドにおいて養子縁組に対する偏見が強かったことは，'scandalous' という語に表れている．'your secret failure' は，本来果たすべき責務を遂行できなかった，という自責の念をこの女性に抱かせる世間の視線を示唆し，'an alien child, /who knew what it would turn out to be'（'who' 以下は修辞疑問）には他人の子を引き受けることの，将来にわたる不安が感じられる．

さらに，決断したからといって，すぐに養子をもらうことはできなかったことが，後の詩に書かれている．夫婦が共産主義者であることが不利に働いたり，収入が足りないと言われたり，5年先まで予約でいっぱいだと言われたりといった経験が繰り返され，ついに5ヵ所目の斡旋所で，帰りかけて彼女は，ふとこう言う．

> Just as we were going out the door
> I said oh you know we don't mind the colour.
> Just like that, the waiting was over.
> (Chapter 3, ll. 15–17)

'the colour' は，肌の色である．白人の子供は数が足りないのに，有色人種の子供には，引き取り手がないのだ．人種差別も，もちろんあったであろう．しかし，それに加えて，明らかに親とは見た目の違う子供を育てることの難しさが，そこにあることは否めない．それを成し遂げるには，強靱な意志が必要である．しかし，この夫婦はそうした難しさも含めて，子供を育てる決意をしたのだ．

序章に戻ると，引き取られた娘の独白からは，こうした決意をもって育ててくれた養母への強い愛情が窺える．

I was pulled out with forceps
left a gash down my left cheek
four months inside a glass cot
but she came faithful
from Glasgow to Edinburgh
and peered through the glass
I must have felt somebody willing me to survive;
she would not pick another baby

(ll. 13-20)

保育器に入れられた彼女に会いに4ヵ月間通い続けてくれたというエピソードは，あとで養母の口からも紹介されるが，自分を選び，生きてほしいと願ってくれた育ての母があってこその自分である，という自覚が娘にはある．しかしそれでも，彼女は実母を探そうとする．頬に残ったピンセットの傷は，その母から自分が生まれた瞬間が，たとえ記憶には残っていなくても，歴然と彼女自身の一部となっていることを物語る．

序章の最後は，生みの母の独白である．上の二人が，娘の誕生の前後について語っているのに対し，彼女の独白は現在についてである．

I still have the baby photograph
I keep it in my bottom drawer

She is twenty-six today
my hair is grey

The skin around my neck is wrinkling
does she imagine me this way　(ll. 21-26)

生んですぐに赤ん坊を手放し，出産はいわば「なかったこと」にして，まったく違う世界を生きたこの女性はしかし，26年間娘の写真を持ち続けていた．

子供の父親は，ナイジェリア人であった．生みの母は，相手の男性を愛していなかったわけではないようだ．しかし，子供をもつことなどまったく考えもしない状態で妊娠してしまった19歳の女性の不安や動揺はどれほどのものであったろうか．すでに帰国している男性に彼女は妊娠の事実を手紙で知らせる．

He was sorry; we should have known better.
He couldn't leave Nigeria.

(Chapter 1, ll. 27-28)

この部分は彼の返事の文面を，独白の一部として間接話法にしたものである．直接話法になおしてみると，わかりやすい．

I am sorry. We should have known better.
I can't leave Nigeria.

ごめんね．もっと用心すればよかったね．
ナイジェリアを出られないんだ．

ひどく無責任な言いぐさではあるが，少なくとも自分を父親と特定し，謝罪めいた一言を含んでいる点において，そしてそもそも彼女の報告に返答しているという事実から，この対応は最悪のものであったとは言えないかもしれない．彼にとって，すでに空間的にも時間的にも隔たっている出来事の結実は，リアリティを感じることのできないものなのだ．彼女にも，そのことを憤ったり，それ以上何かを要求したりできるような関係ではなかったことがわかっているようだ．子供さえできなければ，彼女の方でも過去の関係には同じように距離を置いていたであろう．しかし，自分の胎内で育ち始めた生命が，そのことを許さない．周囲の勧めに従って，生まれてくる子供を養子に出そうと決意したのは，この状況では良心的な決断だった．それでも，自分の子供を自分で育てられないことへの後悔は，彼女をひどく苛む．

「赤ちゃんのラザロ」

ここで，出産直後の4ヵ月間の二人の母の独白から成る，'Chapter 4: Baby Lazarus'（「第4章　赤ちゃんのラザロ」）を読んでみよう．最初は生母である．

Land moves like driven cattle
My eyes snatch pieces of news
headlines strung out on a line:
MOTHER DROWNS BABY IN THE CLYDE
（Chapter 4, ll. 1-4）

追われる牛の群れのように大地が動く，という表現は，いままでしっかり足の下にあったはずの地面が轟音をたてて崩れ去るほどの動揺を感じさせる．街を歩いていくと新聞の見出しが目に入るが，それは **'MOTHER DROWNS BABY IN THE CLYDE'**（「母親，クライド川で乳児を溺死させる」）という子殺しの記事だ．クライド川はグラスゴーを流れる川で，この記事は彼女とは関係ないが，赤ちゃんを自分で育てることができないという罪悪感から，このような記事が目に飛び込んでくるのだ．この後，二番目の独白では，自分の額に見出しのように **'MOTHER GIVES BABY AWAY'**（「母親，乳児を見捨てる」，l. 21）と書かれているような気がしている．彼女にとって，生まれたばかりの子供を手放すことは，子殺しにも等しいのだ．それでも次の部分で，彼女はなんとか自分に言い訳しようとする――**'Nobody would ever guess'**（「誰も気づきやしないわ」，l. 32），と．実際には，額に見出しが出たりはしない．妊娠中もおそらくなるべく目立たないようにしたはずだし，出産はエディンバラという自分の住んでいる街とは違う大都市で行っている．**'I had no other choice'**（「他にどうしようもなかったのよ」，l. 33），**'Anyway it's best for her'**（「とにかく，あの子にはこれが一番よかったの」，l. 34），そう言い聞かせながら，彼女は実の娘を養子に出す書類にサインする．

11月，養母は社会福祉士から待ちわびた女児誕生を電話で知らされる．生まれた赤ちゃんは未熟児で，ガラスのケースに入れられている．電話を受けた瞬間に，もうこの母は **'our baby'**（「私たちの赤ちゃん」，l. 37）と呼んでいる．そして「書類に署名するまでは，まだ母親でもないのに」と自分を戒める．養子縁組の書類にサインするというすべての始まりとなる行為は，二人の女性にとってまったく違った意味をもっているのだ．

12月には初めて子供に会いに行くことができるようになり，養父母はエディンバラへと車を走らせる．

> We drove through to Edinburgh,
> I was that excited the forty miles
> seemed a lifetime. What do you think she'll
> look like? I don't know my man says. I could tell
> he was as nervous as me. On the way back his face
> was one long smile even although
> he didn't get inside. Only me.
> I wore a mask but she didn't seem to mind
> I told her *any day now my darling any day*.
> （Chapter 4, ll. 23-31）

前半で，子供の姿を見る前の夫婦は，彼らにとって出産に等しい出会いを前に緊張と興奮を分かち合い，養母のみが会った後には，姿を見ていない養父も顔がほころんでいる．彼は，妻の表情をとおして子供と出会っているのだ．マスクに半分隠れた養母の顔を生まれたばかりの赤ちゃんが「気にしていないようだった」（'she didn't seem to mind'）という一節には，養母の強い思いこみ（希望）が反映されていてユーモラスでさえあるが，ここでお互いの姿を完全に見ないまま受け入れ，そこはかとない幸福感に包まれている3人に，新しい家族の始まりが確信される．どのような姿かをあえて話題にすることで，これからこの家族が直面することになる人種の問題についての彼らのあり方の原点が示されているのだ．そしてまた，彼らの一体感がお互いとのコミュニケーションの形で示されることが，一人で出産し，産んだ子供も手放した後，それを秘密として抱えていく生母の孤独と対比される．

3月になり，元気に育って保育器から出た赤ちゃんを，夫婦がいよいよ引き取ろうとする頃，生母はふつうの生活に戻っているが，何をやっても上の空で，自分の生活から消し去ってしまった赤ちゃんが逆に彼女の心を支配するようになる．そして，ついに自分の中で子供を葬る決意をする．それが，この章の最後の部分の彼女の独白である．

When I got home
I went out into the garden –
the frost bit my old brown boots –
and dug a hole the size of my baby
and buried the clothes I'd bought anyway.
（Chapter 4, ll. 54–58）

望んだ子ではなかったとはいえ，まだ霜の降りる3月の寒い夕暮れ時，一人で赤ちゃんの大きさの穴を掘る19歳の女性の心情は，どんなものであったろう．彼女もまた赤ちゃんを **'my baby'** と呼んでおり，育てられる見込みもないまま，服を用意していた．

A week later I stood at my window
and saw the ground move and swell
the promise of a crop,
that's when she started crying.
（Chapter 4, ll. 59–62）

1週間後，まるで土に埋めた種が発芽するように，地面がふくらみ出す．スコットランドの3月はまだ寒いが，近づく春は自然界では再生の季節である．再生するためには，種は一度埋められなければならない．象徴的にでも死がなければ，再生はないのだ．彼女もまた子供を生かすために，その子を葬ろうとする．

I gave her a service then, sang
Ye banks and braes, planted
a bush of roses, read the Book of Job,
cursed myself digging a pit for my baby
sprinkling ash from the grate.
（Chapter 4, ll. 63–67）

彼女は，一人で葬式のまねごとをする．**'Ye banks and braes'**（「川原も丘も」）は，スコットランドの詩人ロバート・バーンズ作詞の歌で，'Ye banks and braes o'bonnie Doon,/How can ye bloom sae fresh and fair?...'[1]（「川原も丘も，いとしのドゥーン川よ／なぜそんなにも美しく花咲くのか．……」）と続く．美しい自然とは裏腹の痛みを歌ったものである．旧約聖書のヨブ記では，おそらく19章25節の「わたしは知っている／わたしを贖う方は生きておられ／ついには塵の上に立たれるであろう」[2]が当てはまるであろう．キリスト教の葬儀でよく朗読される箇所である．孤独に地上の試練と闘うヨブの姿が，彼女自身，あるいは娘に重ねられているのかもしれない．本当に死んだわけではないので，灰は暖炉の灰で代用し，再生のしるしとして木を植える．

すると，その夜赤ちゃんの方から彼女を訪ねてくる．

Late that same night
she came in by the window,
my baby Lazarus
and suckled at my breast.
（Chapter 4, ll. 68-71）

これは夢と考えてよいだろう．彼女が赤ちゃんにそう呼びかける**'Lazarus'**は，日本語の聖書ではラザロと表記され，一度死んでキリストによって生き返らされた人物である（ヨハネ伝11: 43-44）．葬いの儀式を経て，赤ちゃんは新しい生を得ることができた．自分の方から母を訪ねてきて乳を吸うという行為は，母娘の和解を象徴していると捉えることができる．生母は，母であることをあきらめることによって，娘を生かし，逆説的に母となったのだ．

この章は，二人の母の独白からだけ成っている．養母の切望していた子供を家族の一員として迎える喜びが，生母の孤独感，喪失感と併置されることにより，この養子縁組をめぐるドラマの全体像が浮かび上がる．さらに，これが実生活では「娘」の立場にあるジャッキー・ケイによって書かれているというこ

1）sae はバーンズの使用したスコッツ語で so, brae は丘，bonnie は美しい．Ye は you の古語．
2）新共同訳．

とを思い出しておきたい．自らの出自をめぐる想像の中で，詩人は生母と養母双方の声を聞き，両者に等しく母親としての役割を見出しているのだ（「第4章　赤ちゃんのラザロ」のテクスト全文は，巻末の「作品ピックアップ」を参照）．

肌の色はどうでもよいか

苦しむのは，生母だけではない．子供を授かってよろこびに満ちた養母にもまた不安がある．次の章では，養母の夢，というよりは悪夢が描かれる（'Chapter 5: The Tweed Hat Dream'，「第5章　ツィードの帽子の夢」）．それは，ある日生みの母が訪ねて来るというものだ．育ての母は動揺しながらも中に入れざるを得ず，目を離している隙に赤ちゃんを連れ去られてしまう．その夢の中で，実母は赤ちゃんに生き写しだ，と育ての母は感じる．彼女には，どんなに頑張っても自分は娘には似ていない，比較すれば生母の方に母親としてより正当な資格があるのではないか，という引け目のような感情がある．だが，生母がいつ娘を取り返しに来てもおかしくないと感じるこの夢は同時に，養母が生母の心情を深く理解していることをも示している．

娘は娘で，やがて自分は何者なのだろうか，という疑問にぶつからなくてはいけない．そこにはまた別の苦悩がある．第二部にはいると娘は6歳になり，学校に行き出す．娘自身の耳にも，やがて彼女の出自について他人が何を言っているかが届き始める．すると，養母は，自分が実の母親ではないことを話す．もう一人の母が娘のことを決して忘れていないということを，娘に知ってほしいからだ，と彼女は言う．自分は100パーセント母親になろうとする，それでも実母との血のつながりを否定することは，娘自身の一部を否定することになる，と彼女は理解している．そんな母親を小さい娘は，

> She took me when I'd nowhere to go
> my mammy is the best mammy in the world OK.
>
> （Chapter 6, ll. 21-22）

と感じ，親子は，強い愛情で結ばれてゆく．一方，学校では娘が同級生や教師から人種差別的ないじめを受け，両親はせいいっぱい彼女を守る．世界中で公民権運動が起こった1970年前後になると，娘の部屋にアメリカの黒人運動家

アンジェラ・デイヴィスのポスターが飾られるようになる．そうした流れの中で彼女を誇り高く，正義感の強い女性へと導くのは，やはりこの両親であった．

しかし，そこには難しい問題も生じる．第7章には，以下の養母の独白がある．

> Maybe that's why I don't like
> all this talk abut her being black,
> I brought her up as my own
> as I would any other child
> colour matters to the nutters;
> but she says my daughter says
> it matters to her
>
> （Chapter 7, ll. 1-7）

「肌の色なんかどうでもいい」というのは正しい考え方である．それは，養子縁組を決定した先述の 'we don't mind the colour' から一貫した，養父母の考え方でもある．しかし，娘にとっては，肌の色も自分の一部である．「肌の色はどうでもよくなんかない」（'it［the colour］matters to her'）というのもまた正しいのだ．

そして，自分の出生に関する情報を入手することが法的に保証されている年齢になると，彼女は書類の請求を始める（'Chapter 8: Generations'「第8章　世代」）．養父母のことは，間違いなく愛している．しかし，例えば自分がどんな遺伝的な体質をもっているのか，自分の顔のどこが誰に似ているのか――それぞれが決定的に重要な問いとは言えないかもしれないが，それらは突き詰めれば，自分自身を知りたいという誰にでもあるはずの問いである．しかし，彼女が与えられる情報は，母親が「身長5フィート8インチ，ホッケーが一番好きで……ウェイトレスをしていた」（'She is five foot eight inches tall/ She likes hockey best/ [...]/ She was a waitress', ll. 75-78）ということだけである．娘の想像の中で，母親は「顔がない」（'facaeless', l. 73），「どんな服を着せたらよいかもわからない」（'She wears no particular dress', l. 80），いくら追いかけても追いつかない人としてイメージされる．そして，彼女はたった一度でいいから声を聞きたい，姿を見たいと切望するようになる．

詩の終わり近く，娘はついに電話をするに至る（'Chapter 9: The Phone Call'，「第9章　電話」）のだが，生母の姉妹と名乗る人物から，母親の方から手紙を書くから，と言われて終わる．電話の相手はもしかして母親自身なのでは，という可能性が匂わされるが，再会は最終章「会う夢」（'Chapter 10: The Meeting Dream'）で，またもや夢として描かれることになる．

「会う夢」

養母は，娘の出自への関心に理解を示す．そして，その背後には親子としての絆に対する揺るぎない自信がある．

> Curiosity. It's natural. Origins.
> That kind of thing. See me and her
> there is no mother and daughter more similar.
> We're on the wavelength so we are.
> Right away I know if she's upset.
> And vice versa. Closer than blood.
> Thicker than water. Me and my daughter.
>
> （Chapter 10, ll. 53-59）

'Thicker than water'（「水より濃い」）という表現は，諺 'Blood is thicker than water'（「他人より身内」）の一部で，血縁関係の濃密さを表す．'Blood' が省かれていることで，彼女たち親子の関係がただ血がつながっているという以上のつながりであり，血のつながりのない他人とは違う関係，ここにしかない関係が築かれていることを示唆する．

生みの母は，娘が自分を探そうとし始めたことを知り，もう一度儀式めいたことを行う．

> **I wrapped her up in purple wrapping paper**
> **And threw her down the old well near here.**
> **There was no sound, it's no longer**
> **In use – years – she's been in my drawer**
> **Faded now, she's not a baby any more**
>
> （Chapter 10, ll. 62-66）

投げ込んだのは，序章からの引用でも触れられている，26年前の赤ちゃんの写真である．成人した娘が向こうから手をさしのべてきたいま，赤ちゃんのときに「葬って」から時間が止まっていた娘との関係が，更新されるときが来たのだ．

そして，娘は，その母からの手紙を待つ．

> I lie there, duvet round my shoulders
> fantasising the colour of her paper
> whether she'll underline First Class
> or have a large circle over her *'i'*s.
> （Chapter 10, ll. 74–77）

「速達の文字の下には，線を引くのかしら．iの上には大きな輪を書く[3]のかしら」．こんな些細なことから娘は母親を想像するしかない．それでも，自分から働きかけることによって，絶たれていた関係がまた生き返るのを期待することはできる．こうして，3人のお互いへの思いが，交錯し合う中で詩は終わる．3人が一堂に会することはない．そして，それぞれが独白で述べる内容も，お互いに伝えられることはない．この詩の中でだけ，お互いへの思いは投げかけられ，同じ平面で絡み合う（「第10章　会う夢」のテクスト全文は，巻末の「作品ピックアップ」を参照）．

妊娠，出産，子供の成長，親と子の関係，といった普遍性のあるテーマがこの詩の中では扱われている．注目すべきことは，この詩をこの詩たらしめているのが声，それも通常なら表にでない，ごく私的な声，聞こえないはずの声だということである．他人には共有されないはずの夢の形をとって，それぞれの思いがしばしば表出するのもそのためである．タイトルの *The Adoption Papers* は，養子縁組についての事務書類を指すが，養子縁組がつくり出すいくつもの人間関係の濃密さは，そうした公式の記録では掬いきれるはずもない．それに関わった3人の女性の交錯する想念をとおして綴られる，この詩こそが真実を物語るのである．

3）小文字のiの上の点を丸で書く筆跡のこと．

さらには，聞こえない声を，ふだん発言の場を与えられていない人の声，と言い換えることもできるかもしれない．性，人種，宗教，思想，出自などで差別を受ける人，あるいは社会に受け入れられそうもない「秘密」を抱く人――そういった人々の声は，胸をはって社会を代表していると自負している多数派の大きな声，「公式の」言説の陰で聞こえなくなりがちである．ジャッキー・ケイは，自身が二重，三重の意味でマイノリティに属している．この詩は，そうした声に耳を傾けるという行為の一つのひな形であるとも言えるのだ．

[詩人紹介]

ジャッキー・ケイ（Jackie Kay, 1961-）

スコットランド，エディンバラにスコットランド人を母，ナイジェリア人を父として生まれるが，養子としてグラスゴーに育つ．第一詩集 *The Adoption Papers*（1991）の後，*Other Lovers*（1993），*Darling: New & Selected Poems*（2007），*Fiere*（2011）などの詩集のほか，小説，演劇，子供向けの文学作品も出版している．生父をナイジェリアに訪ねる旅を描く *Red Dust Road*（2011）もある．スコットランド国民詩人 Scots Makar（2016-2021）に選ばれた．

[作品が収められた詩集]

Kay, Jackie. *The Adoption Papers*. Newcastle upon Tyne: Bloodaxe, 1991.

[読書案内]

Hill, Malcolm. *Shaping Childcare Practice in Scotland: Key Papers on Adoption and Fostering*. London: British Association for Adoption and Fostering (BAAF), 2002.

Kay, Jackie. *Red Dust Road*. London: Picador, 2010.

Lecomte, Ounie, dir. *Je vous souhaite d'être follement aimée*. Gloria Films, Pictanovo, 2015.（ルコント，ウニー監督『めぐり会う日』（DVD），クレスト・インターナショナル，朝日新聞配給，2016.）

Leigh, Mike, dir. *Secrets and Lies*. Thin Man Films, 1996.（リー，マイク監督『秘密と嘘』（DVD），角川書店，2015.）

[ディスカッション]

The Adoption Papers では，3人の登場人物の交流が，三つの夢の形で表現されます．夢は，

「第7講　ある洪水の風景」で読んだ ‘Swimming in the Flood’ にも登場します．詩において，夢はどのように扱われ，どのような機能をもつのか，考えてみてください．

■第12講　ポストコロニアル

図書館と航海術

ロバート・サリヴァン「ワカ62」「ワカ65」ほか

マオリと英語

20世紀後半の英詩の大きな特徴の一つは，「英語圏」という地理的に広大で，文化的にもきわめて多様な範囲で生まれる作品群を，英語という言語を指標として視野に収めたことである．長い間，旧イギリス帝国の植民地として英語の使用を強いられた歴史をもつ国々では，多くの詩が英語で書かれ続けているが，そこで英語のもつ意味が，旧宗主国におけるそれと異なることは，想像に難くない．

1840年頃からイギリス人が大量に入植したニュージーランドでは，それまでポリネシア系先住民のマオリが，文字をもたないマオリ語を使って生活していた．神話も，歴史も，祭祀も，そして詩も，すべて口承で伝えられていたのである．しかし，入植者との抗争や，ヨーロッパから持ち込まれた疫病で激減したマオリに代わって，わずか数十年の間に多数派となった入植者たちが政治的実権を握ると，文化も言語も彼らのものが支配的になっていった．英語を知らずに社会の中で生きるのは困難になり，20世紀に入るとマオリの中にも，同化政策の下，英語だけで教育を受け，マオリ語を使いこなすことができない世代が出現した．1970年代に始まったマオリ語復興運動のおかげで，このような人々の数は減り，1987年にマオリ語は公用語となったが，英語は依然として実質的に支配的な言語であり続けている．

マオリが創作活動を行おうとするとき，表現の媒体として最も自然に出てくるのが英語だとしても，それは歴史的に見れば，彼らにとって外からあてがわれた，もっと言えば，押しつけられた忌むべき言語でもある，という葛藤が生ずる．言語とアイデンティティの間の齟齬は，創作の過程を通じて詩人に，その両者について繰り返し問い続けることを要求するだろう．例えば，英語で書くということは，圧倒的に非マオリを読者とし，彼らにマオリ文化を発信してゆく，マオリの立場から語りかける，ということでもある．となれば，必然的にマオリ文化はヨーロッパ系の文化の対立項となり，相違が強調され，描写は説明的になる．しかし，そのことは，自文化を固定的に捉えることにつながり，マオリ文学の可能性を狭める危険性もはらんでいるのだ．

マオリのような旧植民地の先住民による作品が，ポストコロニアル文学として世界的に注目を集め始めると，この傾向にさらに拍車がかかる．どれほど真正（オーセンティック）にマオリ的であるかが作品の価値を決定する基準となり，書き手もそのことを大いに意識するようになるのだ．しかし，そもそも真正なマオリ性とはどのようなものであろうか．もしそれが，ヨーロッパ文明の到来以前のマオリ文化を志向するものだとすれば，現代に生きるマオリのリアリティとはかけはなれたものになるのではないか．

ワカの航海

ニュージーランド生まれのマオリ詩人，ロバート・サリヴァン（Robert Sullivan, 1967-）の作品を手がかりに，このことについて，もう少し丁寧に考えてみよう．サリヴァンを一躍有名にしたのは，詩集 *Star Waka*（『星のワカ』）である．ワカは，マオリの伝統的な船で，カウリやトタラといった原生の巨木をくりぬいて作り，多いときは50人もの漕ぎ手を乗せる（図12-1）．伝統的にマオリは，親族を基本とするコミュニティ，イウィを形成して生活しており，それぞれのイウィは，季節ごとに食糧を確保できるいくつかの領地を所有していた．そうした領地の間を移動するときも，また敵対するイウィとの戦争に出向くときも，彼らはこのワカに乗り組んだ．また，ニュージーランドのマオリは，元を辿れば伝説の父祖の地ハワイキから7艘のワカに乗ってこの地にやってきた，と言い伝えられており，どんなマオリも家系を辿れば最後は必ずこの7艘のワカのどれかに行き着く，とされる．したがってワカは，彼らの重要な移動手段であるのみならず，出自の一部でもあるのだ．

この詩集は，航海のための祈りのような冒頭の詩を除くと100篇の詩からなっており，サリヴァンは，これを100艘のワカから成る船団に喩えている．そ

図 12-1　ワカ

れぞれのワカが独立した船で，漕ぎ手によって異なったリズムをもちながら，全体としては緩やかに大きな船団を構成するように，サリヴァンの 100 の詩も，それぞれが独立した内容をもちながら，どこか互いにつながっている．だが，そのつながり方は，均一ではない．例えば，詩には 1 から 100 まで番号がふられていて，どの詩も 100 艘の船団の一部であるという目印になるのだが，この番号の表示が三種類――ローマ数字（i, ii, iii...），アラビア数字（41, 42, 43...），ワカ何番（Waka 61, Waka 62, Waka63...）という表示――あり，それらが大まかにまとまっているものの，中には唐突に別の表示が混ざっているところもある（*...xiii, xiv, xv, Waka 16, xvii, xviii...*）．加えて，それぞれの詩には必ず「星」，「海」，「ワカ」という三つの語のいずれかが含まれている．これらを目印として分類すれば，また別のグループができるであろう．詩集の初めに記されたサリヴァン自身の注には，こうある．

> This sequence is like a waka, members of the crew change, the rhythm and the view changes – it is subject to the laws of nature.

> この連作は，ワカのようなものです．乗り組むメンバーが替わり，漕ぐリズムが変わって，見える景色も変わる――自然の法則に従っているのです．

こうした工夫により，これらの詩群は英語で書かれていても，明白にマオリ文化に属するものであると感じられる．しかし，言語とそれによって表現されるものに対するサリヴァンの考え方は，もう少し複雑だ．

'Waka 62: A narrator's note'（「ワカ 62——語り手の注」）という詩を見てみよう．まず，タイトルだ．「語り手の注」という副題の，「語り手」とは誰だろうか．上述のサリヴァンの言葉に従い，詩がワカのようにそれぞれの漕ぎ手をもつとすれば，語りはそれぞれの詩に属することになろう．しかし，100 艘のワカが緩やかであれ，船団を組むとすれば，その全体を貫く共通項が何かあるはずで，この詩集の場合，それがサリヴァンという詩人によって生み出される語りである，という考え方もできる．'Waka 62' には，冒頭で 'fleet'（「船団」）という語が使ってあるから，語り手が 100 艘のワカの全体像を俯瞰できるような視点をもっていることは確かであろう．そしてまた，この語り手は，'I' という一人称で 3 回，詩の中にも登場する．このことを頭の隅に置いて，詩を読み進めてゆこう．

> There is no Odysseus to lead this fleet –
> not even Maui who sent waka to their petrification,
>
> the waka Mahunui, for instance, placed exactly
> in the centre of the South Island at Maui's command.
> (ll. 1-4)

ほかならぬ語り手による「この船団にはオデュッセウスのようなリーダーがいない」，という断定は，詩の中の船団が一人の力で統率され，その導く方向に進む可能性を否定している．オデュッセウスは，ニュージーランドに輸入されたヨーロッパ文明の根幹に位置する想像上の（しかし世界中に知られた）航海者である．しかし，本来これと異質の文化をもつマオリのワカの船団が，彼に導かれることはない．一方，マウイはマオリ神話に登場する，こちらはマオリなら誰もが知る英雄である．神話では，マウイは兄たちが漁に出るワカに隠れて乗り，大きな獲物を釣り上げた．それが，いまのニュージーランドの北島であり，細長い南島は「マウイのワカ」と呼ばれて彼の乗ったワカに見立てられている．詩に登場する「マフヌイ」は，このワカの名であり，2行目の「石化」（'petrification'）は，ワカが島になったことを指すが，ニュージーランドの創生に関わるこの人物「でさえも」（'not even'），この船団を導くことはない．現在のニュージーランド文化をつくりあげる二つの主要な要素——ヨーロッパとマオリ——そのいずれもが，ワカの導き手としては，まずは否定されるのだ．

それでは，リーダーのない，この船団はどこへ向かっているのか．第三連に描写されるワカは，夜は星の下に浮かび，昼は波のうねりに身を任せてたゆたっている．

I have only waka floating beneath the stars,
at night and in the day, directed by swells,

whose crews are sustained not by seabirds
or fish, but by memory – some in conflict

with the written record. I have seen waka only at rest.
They are beings worthy of the company they keep –

tohunga to furnish voyagers with karakia, taniwha for security,
the very stars in motion with them.

（ll. 5-12）

乗組員を「養う」（'sustained'）のは，航海中の栄養源と考えられる海鳥や魚ではなく，「記憶」（'memory'）である．そして彼らにふさわしい航海の仲間は，「詠唱」（'karakia'，マオリ語）を捧げることのできる「神官」（'tohunga'，マオリ語），そして危険から守ってくれる「怪物」（'taniwha'，マオリ語）とある．これらはマオリ文化の霊的な側面を代表する語であるが，いずれも原語のまま説明もなく挙げられている．一方，その「記憶」は，ときに「書かれた記録と相容れない」とある．すなわち，ここでワカの航海は，口承で受け継がれてきたマオリの精神文化と密接に結びついたものと規定されているのである．では，なぜマウイは彼らのリーダーではないのか．

I cannot provide you with a leader of the fleet.
This fleet navigated centuries. The names

of captains were known to their colleagues
as ancestors. The Pacific was a far-flung society
(ll. 13-16)

14行目の表現には注意が必要だ．‘centuries’ は，例えば for などを伴い，時間の長さを表す副詞句として使われているのではない．動詞 ‘navigate’ に名詞が直接続いているとすれば，目的語ということになる．つまり，船団は，「幾多の世紀を航海してきた」，長い時間を旅してきた，ということになるのである．それぞれのワカの船長たちは「祖先として知られる」という表現も，マオリという民族の経験してきた長い時間を航海とするなら，つじつまが合う．

さらに続けて，実際の航海が行われた空間，太平洋を「はるかに広がった社会」（‘far-flung society’）と呼んでいる．ポリネシアの海洋民族にとって，海は陸と陸の間の何もない空間ではない，それ自体が頻繁な往来のある社会なのだ．ワカの航海の領域が，時間的にも空間的にもここでぐっと広がる．しかし同時に，語り手は，「私はワカが休んでいるところしか見ていない」（l. 9）とも言っている．それは，「夜は星の下に浮かび，昼は波のうねりに導かれる」（ll. 5-6）という，受動的なワカの描写とも呼応するだろう．天空の星は動いていないように見えて，ゆっくり移動している．ワカも強力なリーダーに導かれて一つの方向を目指すのではなく，自然の力に身を任せて浮かんでいるだけに見えるが，「星の動きがともにある」（l. 12）のである．時空の交点で，ワカが依然として海に浮かび，目に見えない動きを有しているとすれば，それはマウイのもたらした「石化」とは自ずと異なったあり方ということになる．

「語り手」とは誰か

ここで，この船団全体を俯瞰する「語り手」の存在にもう一度，目を向けてみよう．「私」として3回登場する語り手は，広大な時空の海に浮かぶワカの船団のありようを見て描写する．「私にはリーダーを配することはできない」（l. 13）という詩の冒頭に呼応する一文の，できないという表現は，自らの無力を露呈しているようであるが，少なくとも船団にリーダーを配するかどうかの裁量は，語り手にあることをも示している．リーダー不在を宣言することで，「私」は船団の進む方向を限定させない，という別の定義づけをしているとも言えるだろう．つまり，自らの力を行使しないという方法で，ワカに自由さを与えているのである．では，自由を与えられたワカは，どこへ向かうのだろうか．

後半の描写がそのヒントを与えてくれる．

– waka, cocooned in Aotearoa,
stopped returning to Hawaiiki, dropped their sails,

clambered overland into rivers, burrowed
into mountains, reefs, flew into words

sung at tangi, polished speeches,
seen by the paua eyes of gods and ancestors

whose real eyes, blinking in the light
of their lives millennia and centuries ago,

saw the vehicles themselves –
spacecraft, oxygen tanks, caravans led by elephants,

vehicles of concept, exploration, sails a vortex
ribbed by people shouting names down into the Great Sea.
(ll. 17-28)

石化しなかったワカは，かわりに「繭」（'cocoon'）になる．ここに動と静の共存（動かないが生きている）のモチーフが繰り返される．そしてまた，幼虫と成虫の境界としての「繭」は，変身という新たなモチーフを付け加える．父祖の地ハワイキ（'Hawaiiki'）に戻ることをやめ，アオテアロア（ニュージーランドのマオリ名）に留まるワカは，「川を上る」「穴を掘る」そして「飛んで言葉に入る」「演説に磨きをかける」と船らしからぬ，多様な動きを見せる．海洋民族

図 12-2　マラエ内部の装飾

であるマオリは，ニュージーランドに定住することで海との関わりを断ち切ったのではない．一見航海とは関わりのない活動を行う中にも，形を変えたワカがある．言葉が歌われ，話されるのを見る「鮑（'paua'，マオリ語）の眼」は，神々や先祖の彫刻によく見られる装飾で，こうした祈り（信仰）や演説（政治）の場となるマオリの神殿・集会所である「マラエ」に特徴的な意匠である（図12-2）．ワカに乗って日常的に航海を続ける生活をしなくなっても，こうした場においては，ワカに象徴されるようなマオリの文化伝統が維持されている，と見ることができる．

しかし，その直後に，これらの神々や祖先の「ほんとうの眼」という記述がある．これは何を指すのであろうか．「ほんとうの眼」は，「光の中で瞬きする」とあるが，'in the light' という表現は，同時に次行の 'of their lives millennia and centuries ago' とつながって　'in the light of something'「〜に照らして」という慣用表現とも読める．「ほんとうの眼」が参照するのは，マオリ文化の始原に遡る，十数世紀も前の生である．そして，それらが見るのは，「乗り物そのもの」（'vehicles themselves'）であるとあり，列挙されるのは，意外にも「宇宙船，酸素タンク，象に引かれるキャラバン」である．これらは宇宙や陸の乗り物であり，マオリの航海とはかけ離れている．

さらに，この 'vehicles' という語は，「媒介物，伝達手段」といった比喩的な用法にまで拡大され，「想念」を運び，「探索」の手段となる．マオリ文化の始原に照らして見られるのは，表面的にはワカの姿をとっていなくても，彼らを，そして彼らの文化を突き動かし，どこかへ運ぶ媒介物のさまざまな姿なのである．それを見る「眼」は，マラエの中に固定されたもの，すなわち伝統文化として保存されたものにとどまらず，始原とのつながりを失わぬまま，現代や未来のマオリ文化のさまざまな変容や発展の道筋を柔軟に見ることができる，「ほんとうの眼」でなくてはならない．そのことは，ワカが「石化」するのではないことと通底するであろう．マウイをリーダーと呼べないのは，そのためである．またそれは，もう少し大きく見れば，「真正（オーセンティック）」な（ヨーロッパ人渡来前の）マオリ文化を固定的に保存しようという動きとの訣別とも捉えられるかもしれない．

「ワカ 62」は，大海に向かって名前を叫ぶ人々が畝をなす渦巻きのイメージで締めくくられるが，それはまさに，人々と発話される言語自体がワカの役割を果たして大海とつながっている象徴的な情景であろう．これは，言語化されることにより，内面化されたマオリの精神である．語り手が，力をもつのはそのためだ．

マオリと図書館

「ワカ 62」において，'vehicles' としてワカに重ねられるマオリの言語は，「書かれた記録と相容れない」口述の言語である．だが，サリヴァンが意図したのは，そうしたマオリ文化対ヨーロッパ文化の二項対立だったのだろうか．面白いことに，『星のワカ』において，ワカの航海は図書館の比喩を用いて表現されることがある．文字をもたないマオリにとって，図書館は概念からして輸入されたものであった（本を意味する pukapuka は，book の音を真似た外来語である）．しかしサリヴァンは，もともと図書館司書をしていて，司書としての自分自身と思われる人物も繰り返し詩の中に登場する．ここに前述した「真正」なマオリ詩の問題が浮上するだろう．外来の文化としてもたらされた図書館は，紛れもなくサリヴァンのアイデンティティの一部を成しているのだ．漕ぎ手の声と櫂の音が響き，その時々の天候や海流に左右され恒常的に並べ替えが行われる船団と，固定的な秩序をもち，乾いていて静止した図書館という空間とは，対照的な二つの世界観を提示するように見えるが，サリヴァンの詩の中では交錯し，重ね合わされてゆく．

「ワカ 65」では，なんと口承で受け継がれるマオリの「記憶」が図書館の比喩を用いて表現される．

A great living Library of people,
trillions of brain cells indexed

from the heart, cross-referenced
through usefulness to life, powered

by the stuff of life itself. Among
these cells lie references to waka,

to waka ritual, methods of navigation,
knowledge of stars currents wind –
（'Waka 65', ll. 10-17）

航海術を記憶した脳細胞が，ここでは「生きた図書館」と呼ばれている．「索引」（'indexed'）や「相互参照」（'cross-referenced'）などの図書関係の縁語に混じって，この箇所に強いマオリ的な色彩を与えているのは，「生の実質」（'the stuff of life itself'）という語句で，これはマオリ語で mana と呼ばれる，マオリ文化の根幹となる概念の一つである．このようなマオリ文化に独特なものをあえて図書館という他者の比喩に転位することは，注目に値する．

一方，マオリ神話から引用された *Piki Ake!*（『登れ！』）というマオリ語の表題をもつ詩集では，「ジョージ・グレイ閲覧室」という実在の公立図書館の稀覯本コレクションが一つのセクションの表題とされている．入植初期の総督で，後に宰相も務めたグレイの名は，植民地化の歴史と色濃く結びついている．支配の遺産ともとれるこのコレクションの中で，サリヴァンらしき若い図書館員はしかし，ヨーロッパの古典や南極で印刷された本といったさまざまな蔵書との出会いを楽しんでいる．実在の本の題名が頻出するこのセクションは，さながらそれ自体が図書館の一室のような様相を呈する．

興味深いのは，そこで詩人が自分自身を移動するものとして，描いていることだ．

> When I started in the Auckland Public Library service
> I held a job on relief staff. I'd move from library
>
> to library, relieving at the busiest or short-staffed
> libraries.[1)]

代用スタッフとして，必要に応じて複数の図書館をまわる「私」は，まるで島から島へと航海するワカのようだ．図書館の中で，本から本へと動き続ける司書の動きも，その相似形であろう．詩人は，図書館という，本来マオリ文化には存在しなかった制度の中をワカのように航海する．サリヴァンという詩人の中に，マオリ文化と図書館に代表される文学，本，書かれたもの（エクリチュール）が創造的に重ねられるのだ．

異界への扉

さらにもう一つ，奇妙な図書館を見てみよう．2002年にサリヴァンがオペラのリブレットとして書いた，『冥界のキャプテン・クック』（*Captain Cook in the Underworld*）である．言うまでもなく，イギリスからの大量入植への端緒を作ったのはキャプテン・ジェイムズ・クック（1728-79）とエンデバー号の航海であるから，マオリの人々の運命を大きく変えたもう一つの航海に直接切り込み，クックを一人称として詩を書くというサリヴァンの試みは，非常に意欲的であると言える．この作品は，ギリシア神話のオルフェウスの物語や，ダンテの『神曲』の「地獄篇」などヨーロッパ的な冥界への下降を援用してクックの南下の航海を描き直し，やがてマオリ神話の英雄マウイの視点を導入することで，その航海の罪と贖罪を問い直す．この作品が単なる被支配者側からの一方的な断罪に終わっていないのは，ヨーロッパ文学の伝統の引用，さらには詩人オルフェウスにマウイの声を代弁させるなどの巧妙な併置，置き換え，錯綜などの効果によるところが大きい．

1）'On the Road Again' in *Piki Ake!*（Auckland: Auckland UP, 1993），p. 54, ll. 1-4.

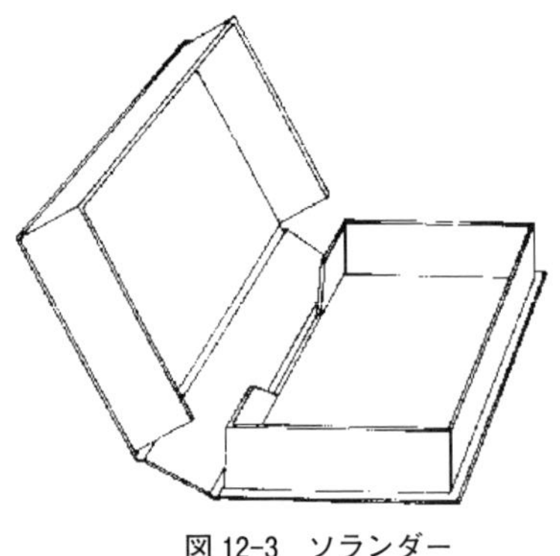

図 12-3　ソランダー

I must retire to good Solander's library –
　　　　　all the classics, timely homilies
dredged from antiquity. What's this one? Orpheus.
　　　　　My friend of the vision. Oh hideous
fortune – my only friend a shadow.[2)]

マオリを射殺するというこの詩の中心となる罪を犯したクックが船の「図書室」（'library'）に戻って，本の中からオルフェウスを見出し，それがやがて彼がオルフェウスの竪琴と声を聞く発端となるという重要な場面である．この図書室の持ち主は，実際にクックに同行していたスウェーデン出身の植物学者ダニエル・ソランダー（Daniel Solander, 1736-82）である．リンネの分類法をイギリスに伝え，大英博物館で資料管理，つまり librarian をしていたこの人物は，船の上の図書室の所有者としてふさわしいと言えよう．

しかし，ソランダーの名は，現在では普通名詞化して，彼が考案した本型のケースを意味する語となっている（図 12-3）．つまり，ソランダーの図書室で，本の姿をしてきちんと並べられたものは，実際は本ではなく，その中は空虚であるか，もしくは書かれたテクストではない，何か別のものが入っているのだ．実際，クックがそこに見出すのはオルフェウスの亡霊であり，となれば本の扉は冥界への入り口でもある．ここでサリヴァンは，図書館という秩序を内側か

2）*Captain Cook in the Underworld*（Auckland: Auckland UP, 2003）, p. 23.

ら解体し，オルフェウスに自由な動き——やがては異文化に属する神マウイの言葉をも語り得る，越境的な変幻自在さ——を与える．しかし，それは実は想像力を介して時空を超えた世界への入り口となる図書館の本来的な機能であるとも言えるかもしれない．しかもここで召喚されるオルフェウスは詩人である．この詩に限らず，サリヴァンが詩作をとおして行おうとしていることもまた，そうした文化や地域の枠組みから自らを，そして読者を解放することで，その本質に迫ろうとする試みである，と言い換えることができるだろう．

デジタル・ライブラリー

終わりに，作品の外でサリヴァンが関わっている事柄について一つ触れておこう．以下に引用するのは，彼が図書館司書として *D-Lib Magazine* というオンライン・ジャーナルに寄稿した，「先住民の文化的・知的財産権——デジタル・ライブラリーの文脈」という論文で，いかなる文書も図版も声も映像もデジタル化して収蔵できる図書館，デジタル・ライブラリーの実現を視野に入れた，知的財産権保護の法的整備について，マオリの立場から論じている．

> Copyright expires after a defined term. Copyright is assigned to individual. Therefore, the collective nature and enduring guardianship—care, development and preservation—with which indigenous communities imbue their cultural and intellectual property, cannot be addressed by copyright alone.[3)]

> 著作権は，一定の期間が過ぎると消滅する．著作権は個人に帰属する．したがって，先住民のコミュニティがその文化的・知的財産に付与する集団性や保護——配慮，展開，維持——の持続に，著作権のみで取り組むことはできない．

サリヴァンは，ここでマオリ的な集団所有の観念を主張し，知的財産権保護と

---

3) 'Indigenous Cultural and Intellectual Property Rights: A Digital Library Context', *D-Lib Magazine*, vol. 8, no. 5 (May 2002). <http://www.dlib.org/dlib/may02/sullivan/05sullivan.html> 2017年2月21日最終閲覧.

いうきわめて現代的，西欧的な権利を，それとは異なる価値観から補完する提言を行っている．しかし，その前提となっているデジタル・ライブラリーという未来的な図書館像は，実はサリヴァンが『冥界のキャプテン・クック』の中で描いた変幻自在の図書館に酷似していないだろうか．さらに，それは「ワカ65」の伝統的なマオリの脳細胞の「生きた図書館」に似ているとも言えないか．サリヴァンの詩の中で交錯する図書館と航海の表象は，マオリ文化を過去に封じ込めることなく，現代を生き，そして未来へと開かれたものとして豊かに再定義しているのである．

[詩人紹介]

ロバート・サリヴァン（Robert Sullivan, 1967-）

ニュージーランド，オークランド生まれのマオリ人．オークランド大学図書館司書を経て，ハワイ大学マノア校，マヌカウ工科大学で教鞭を執る．マオリの文化，植民地化の歴史などをテーマに，自由な連想と隠喩を用いた作品を多く書いている．詩集に*Jazz Waiata*（1990），*Star Waka*（1999），*Shout Ha! to the Sky*（2010）など．キャプテン・クックの南半球への航海をダンテの地獄篇に喩える*Captain Cook in the Underworld*（2003）は，オペラのリブレットでもある．ほかに子供向けのマオリ神話伝説も出版している．

[作品が収められた詩集]

Sullivan, Robert. *Star Waka*. Auckland: Auckland UP, 1999.

[読書案内]

石川栄吉，越智道雄，小林泉，百々佑利子編『オセアニアを知る事典』新訂増補版，平凡社，2000.

Loomba, Ania. *Colonialism/Postcolonialism. The New Critical Idiom*. London: Routledge, 1998.（アーニャ・ルーンバ『ポストコロニアル理論入門』吉原ゆかり訳，松柏社，2001.）

Rice, Geoffrey W., ed. *The Oxford History of New Zealand*. 2nd ed. Auckland: OUP, 1992.

Walker, Ranginui. *Ka Whawhai Tonu Matou: Struggle Without End*. Auckland: Penguin, 1990.

[ディスカッション]

サリヴァンは *Star Waka* の詩群において，共同体をワカの船団に喩えています.「第 4 講　流動を湛える器」でジェイムズ・K・バクスターは，マラエ（マオリの礼拝所でもあり集会所でもある建物と，それを囲む聖域）に喩えていました．二種類の比喩は，二人の詩人のどんな共同体観を反映しているでしょうか．また他の詩の中にも共同体が描かれているものがありました．比較・分析してみてください．

おわりに

講義は前講で終わりだが，最後に一つ短い詩を紹介したい．アメリカ生まれでアイルランドに移住した詩人，ジュリー・オキャラハン（Julie O'Callaghan, 1954-）[1)]の 'Conundrums'[2)]（「謎」）という詩だ．「『謎』を学ぶ」ことに始まったこの講義集は，やはり「謎」でしめくくろう．ここまで20篇以上の詩を読んで来られたみなさんには，（期末試験とは言いませんが）まず自分の目で詩を読み，分析を試みていただきたい．

Conundrums

How can such a stupid insect
as a fly be allowed
to put its clammy feet
on anything it lands on?

But what drives me really crazy
is snow shimmering
on the roof of some pathetic shack.
If a moonbeam strikes it
at the same time
I shake my head
and admit
I'll never understand
the world.

1）米国シカゴ生まれ．1974年にアイルランドに移住，詩人 Dennis O'Driscoll（1954-2012）と結婚．トリニティ・カレッジ・ダブリン図書館に勤めながら，平易でウィットに富んだ言葉遣いで，日常の事象を繊細に観察する作品を発表する．詩集に *Edible Anecdotes*（1983），*What's What*（1991），*No Can Do*（2000），*Tell Me This Is Normal: New and Selected Poems*（2008）など．少年少女向けの詩でも知られている．

2）引用テクストは，O'Callaghan, Julie. *No Can Do*. Newcastle upon Tyne: Bloodaxe, 2000.

まずは蠅，続いて雪景色．英語は決して難しくないが，関連がなさそうな二つの描写が，なぜ併置されているのだろう．その鍵は，日本文学だ．ピンと来られた方もあるかもしれない．オキャラハンは，『枕草子』に着想を得た作品を発表している．これもそうした「間テクスト（インターテクスチュアル）」的な作品の一つなのだ．

引かれている『枕草子』の箇所は，まず第 43 段の「ただよろづの物にゐ，顔などにぬれ足してゐるなどよ」という蠅の描写だろう．‘clammy feet’（l. 3，「じっとりとした足」）は，「ぬれ足」の英訳であり，清少納言が（平安時代にも厄介者扱いされていたらしい）蠅に抱いていたのと同じような嫌悪感が触覚に訴える表現でユーモラスに繰り返される．このほかにオキャラハンは蠅自体についても，‘such a stupid insect’（l. 1，「こんな間抜けな虫」）と悪態をついているが，‘stupid’ という語は，わざわざ蠅の知性の欠如を指摘するというよりは，原文の「かたきなどにすべき物の大きさにはあらねど」を受けて，取るに足らないとか，くだらない，といった意味で使われているのだろう．しかし，原文が蠅は小さな存在であって，大仰に言い立てるのも大人げないと認めているのに比べると，修辞疑問（‘How can... be allowed...?’ ll. 1-3，「許されてよいものか」）で ‘stupid’ という悪口を蠅に投げかけているオキャラハンの詩行には，ちっぽけなはずの存在にこのように煩わされることへの苛立ちが感じられ，両者の反応は，微妙にずれているようだ．

続く屋根にきらめく雪の描写は，第 45 段の「下衆の家に雪の降りたる．また，月のさし入りたるも，くちをし．」であろう．ここでも『枕草子』は「くちをし」と言い切り，貧しい家屋と雪と月の組み合わせのちぐはぐさ（「にげなきもの」）に否定的な価値判断を与えているが，オキャラハンの反応は，少し異なっている．‘crazy’ は，アメリカ英語起源の俗語（オキャラハンは，20 歳までアメリカで育った）で，動揺して自分自身を維持することができないもどかしさ，とでも呼ぶべき精神状態を指す．貧しい家屋の屋根の上で雪が微光を放ち，そこにさらに月光が射す風景に対して，オキャラハンは清少納言のように整合性のある批評をすることができない．ちぐはぐな取り合わせだとわかっていても，それは美しいのだ．そのことが彼女を混乱させる．そして，‘I'll never understand/ the world’（ll. 11-12）と呆気なく降参してしまうのだ．‘I shake my head’（l. 9，「頭を振る」）という動作は，文字通り「頭」の中の思いこみを一度すべて振り払うことを示唆する．それはすぐそばにある世界の複雑さ，多様さを知る経験であると同時に，「世界を理解する」というとてつもない企てに対して疑問を抱いていなかった自分を笑い飛ばす，覚醒の瞬間でもある．

すると，1 行目の蠅を形容する 'stupid' が再び目にとまる．つまらない生き物のくせに不愉快な思いをさせて，と蠅を馬鹿にしていた自分もまた，この世の条理を知るにはあまりに小さい存在である．自身の反応に，'stupid' に連なるような 'crazy' や 'shake my head' といった「頭」に関わる口語的で他愛ない表現が用いられていたことにも意味があるようだ．タイトルの 'Conundrums' は奇妙な単語で，答えの出ない深遠な謎を指すこともあり，軽い遊びとしての謎かけを指すこともある．その語源は 16 世紀に遡るが不詳で，ラテン語風の綴り（'quonundrum' など）も残っているため，大学生がラテン語をまねた冗談から生まれたのではないかと言われている．古くは，衒学者をからかう悪口としても使われたという[3]．深遠な謎と軽い謎かけが同じ言葉，その語源は難渋な学問世界に属するかに見えて実は冗談，いや結局は不詳．人を翻弄する，「謎」にふさわしい語ではないか．

オキャラハンの詩の中心にあるのも，この本来異なる位相に存在するはずのものを併置し，その間を瞬時に往復する自由な精神である．『枕草子』という時間的にも空間的にも隔たった外国語のテクストを援用し，それに茶目っ気のある口語的な言葉遣いで反応すること．日常の事象に対する自分自身の精神の微かな動きの観察を，「世界の理解」というとてつもなく大きな主題との関係において顧みること．が，それだけではない．このテクストは，例えば「時空を隔てた古典に現代的な意味を見出す」（遠→近）とか，「日常的な事象から世界の本質に洞察を得る」（小→大）といった，予想される一方向に収斂しない．遠近や大小などによって発生し得る序列の意識を軽やかにいなして「謎」を「謎」のまま味わう，眩暈にも似た感触を楽しんでいるのだ．私は本書の冒頭で，現代の英詩は詩という文学表現のあり方そのものについて問い続ける，再定義の軌跡であると述べた．その多様で自由なありようがもたらす「謎」に，私たちも同じように身を委ねているのかもしれない．

3）'conundrum, n.' *Oxford English Dictionary*. <http://www.oed.com/view/Entry/40646?redirectedFrom=conundrum#eid>　2017 年 2 月 10 日最終閲覧.

*

はじめに書いたとおり，本書は東京大学教養学部で行った講義がもとになっている．学生たちと詩を読んでいると，作品が持つ吸引力が，それぞれの学生にまったく違う形で作用することに気づく．それまで眠そうに座っていた学生が，理由はわからないが，突然化学反応でも起きたかのように目を見開いてテクストに見入る瞬間，授業が終わった後に教室に残ってその日の詩について何か言わないではいられない（毎回顔ぶれの違う）学生たちとの短いおしゃべり，そして宿題として書いてもらった実にさまざまな感想を読み，短いコメントを書き込む時間，本書をそうした幸せな記憶の中で書くことができたことを，学生たちに感謝したい．

講義の中には，すでに論考として発表した文章を元にしているものもある．趣旨が違うので，いずれもかなりの加筆訂正を行ったが，ここにもととなった文章の出典を挙げておく．

第1講　「ネッシーは何語を話すか――スコットランド・アイルランド・中国の詩と英語」，斎藤兆史編『英語の教え方学び方』東京大学出版会，2003年，57-76頁．

第2講　「眩惑する言葉――現代詩の実験を楽しむ」，東京大学教養学部編『ガクモンの宇宙――高校生のための東大授業ライブ』東京大学出版会，2012年，29-49頁．

第9講　「消去の詩法――ポール・マルドゥーン初期詩群における『唐突な転換』のモティーフ」，高橋康也編『逸脱の系譜』研究社出版，1999年，531-550頁．

また，第12講は，第15回東京大学大学院総合文化研究科地域文化研究専攻主催シンポジウム「『地域知』の探求」（2007年12月）における口頭発表，「図書館と航海術――マオリ現代詩の中の『歴史』」をもとにしている．当日会場で質問やコメントをとおして触発を与えてくださった方々に，感謝したい．

最後に，東京大学出版会の小暮明さんには，最初に本書の企画を提案していただいてから，あきれるほどの長い時間がかかってしまったにもかかわらず，辛抱強く励ましながら，おつき合いいただいた．その的確な助言の数々が本書に活かされている．心から御礼を申し上げる．

2017 年夏

中尾まさみ

作品ピックアップ

以下では，主な作品のうち，一部のみ紹介したものの全文を示す．

［第 1 講］

'Radharc ó Chábán tSíle' の全文．'A View from Cabinteely'（「キャビンティーリーからの眺め」）の原詩となるもので，アイルランド語で書かれている．

Radharc ó Chábán tSíle

Le hathrú an tsolais tosnaíonn na bruachbhailte ag geonaíl.
Searrann is tagann chucu féin tar éis lae eile a bhí folamh fuar.
Filleann leanaí ó scoileanna is daoine fásta ón obair sa chathair
le hoscailt fuinneoga is doirse ba dhóigh leat na tithe ag meangadh athuair.

I measc na línte bána tithíochta foghraíonn fothram fo-chairr.
Gaibheann lucht rothar thar bráid i strillíní mantacha dubha.
Éalaíonn ribíní deataigh ó gach simléir; i gcistiní
tá scáileanna laistiar des na cuirtiní lása ag ullmhú suipéir.

Éiríonn liathróidí caide idir chrainn ghiúise na gcúlghairdín.
Tá madra caorach breac is sotar gallda ar an bplásóg
mar a bhfuil *round*áil sliotar le clos is scata garsún ag scréachaíl.
Tá dhá snag breac go dícheallach i mbun cleatarála ar an díon.

Lasann fuinneoga móra na seomraí suite le loinnir ghorm
is tá teaghlaigh ag cruinniú timpeall ar scáileáin na dteilifíseán,
mar a bhfuil an nuacht ar siúl is iad ag rá go bhfuil buamaí is diúracáin
ag titim ar bhruachbhailte mar seo i mBaghdad, Tel Aviv, Dhathran.

（Ní Dhomhnaill, Nuala. Paul Muldoon, trans. *The Astrakhan Cloak*. Dublin: Gallery Books, 1992.）

［第2講］

'from *The Dictionary of Tea*'（「『お茶辞典』より」）の全文.

from *The Dictionary of Tea*

tea top: a musical, spinning samovar.

the Tea Theatre: the highest theatre in the world; home of the Darjeeling Drama.

tea hod: small hod for carrying tea bricks in Tibet.

tea square: an impotent Dervish.

tea cloud: a high calm soft warm light gold cloud, sometimes seen at sunset.

teafish: bred by the Japanese in special fish-farms, where it feeds on tannin-impregnated potato extract, this famous fish is the source of our 'instant fish teas', tasting equally of fish, chips, and tea.

tea cat: species of giant toad found in South India; it is not a cat, and has no connection with tea.

grey tea: used of a disappointment. E.g. 'Harriet got her grey tea that night.'

brown bolus tea: an old-fashioned medicine, of which the true recipe has been lost.

tea stays: so called, in Edwardian times, because they added elegance to the gestures of a hostess pouring tea.

sea tea: sailors' term for plankton bouillon.

(Morgan, Edwin. *Collected Poems*. Manchester: Carcanet, 1990.)

［第 6 講］

'Sonny's Lettah'（「ソニーの手紙」）の全文.

Sonny's Lettah

(Anti-Sus Poem)

Brixtan Prison
Jebb Avenue
Landan south-west two
Inglan

Dear Mama,
Good Day.
I hope dat wen
deze few lines reach yu,
they may find yu in di bes af helt.

Mama,
I really dont know how fi tell yu dis,
cause l did mek a salim pramis
fi tek care a likkle Jim
an try mi bes fi look out fi him.

Mama,
I really did try mi bes,
but nondiles
mi sarry fi tell yu seh
poor likkle Jim get arres.

It woz di miggle a di rush howah
wen evrybaby jus a hosel an a bosel
fi goh home fi dem evenin showah;
mi an Jim stan-up
waitin pan a bus,
nat cauzin no fus,
wen all af a sudden
a police van pull-up.

Out jump tree policeman,
di hole a dem carryin batan.
Dem waak straight up to mi an Jim.
One a dem hol awn to Jim
seh him tekin him in;
Jim tell him fi let goh a him
far him noh dhu notn
an him naw teef,
nat even a butn.
Jim start to wriggle
di police start to giggle.

Mama,
mek I tell yu whe dem dhu to Jim
Mama,
mek I tell yu whe dem dhu to him:

dem tump him in him belly
an it turn to jelly
dem lick him pan him back
an him rib get pap
dem lick him pan him hed
but it tuff like led
dem kick him in him seed
an it started to bleed

Mama,
I jus coudn stan-up deh
an noh dhu notn:

soh mi jook one in him eye
an him started to cry
mi tump one in him mout
an him started to shout
mi kick one pan him shin
an him started to spin
mi tump him pan him chin
an him drap pan a bin

an crash
an ded.

Mama,
more policeman come dung
an beat mi to di grung;
dem charge Jim fi sus,
dem charge mi fi murdah.

Mama,
dont fret,
dont get depres
an doun-hearted.
Be af good courage
till I hear fram you.

I remain
Your son,
Sonny.

（Johnson, Linton Kwesi. *Mi Revalueshanary Fren: Selected Poems*. London: Penguin, 2002.）

［第 11 講］

The Adoption Papers（『養子縁組書類』）のうち，'Chapter 4: Baby Lazarus'（「第 4 章 赤ちゃんのラザロ」）と 'Chapter 10: The Meeting Dream'（「会う夢」）の全文.

Chapter 4: Baby Lazarus

Land moves like driven cattle
My eyes snatch pieces of news
headlines strung out on a line:
MOTHER DROWNS BABY IN THE CLYDE

November

The social worker phoned,
our baby is a girl but not healthy
she won't pass the doctor's test
until she's well. The adoption papers
can't be signed. I put the phone down.
I felt all hot. Don't get overwrought.
What does she expect? I'm not a mother
until I've signed that piece of paper.

The rhythm of the train carries me
over the frigid earth
the constant chug a comforter
a rocking cradle.

Maybe the words lie
across my forehead
headline in thin ink
MOTHER GIVES BABY AWAY

December

We drove through to Edinburgh,
I was that excited the forty miles
seemed a lifetime. What do you think she'll
look like? I don't know my man says. I could tell
he was as nervous as me. On the way back his face
was one long smile even although
he didn't get inside. Only me.
I wore a mask but she didn't seem to mind
I told her *any day now my darling any day*.

Nobody would ever guess.

I had no other choice
Anyway it's best for her,
My name signed on a dotted line.

March

Our baby has passed.
We can pick her up in two days.
Two days for Christ's sake,
could they not have given us a bit more notice?

Land moves like driven cattle

I must stop it. Put it out my mind.
There is no use going over and over.
I'm glad she's got a home to go to.
This sandwich is plastic.

I forgot to put sugar in the flask.
The man across the table keeps staring.
I should have brought another book –
all this character does is kiss and say sorry

go and come back,
we are all foolish with trust.
I used to like winter
the empty spaces, the fresh air.

When I got home
I went out into the garden –
the frost bit my old brown boots –
and dug a hole the size of my baby
and buried the clothes I'd bought anyway.
A week later I stood at my window
and saw the ground move and swell
the promise of a crop,
that's when she started crying.

I gave her a service then, sang
Ye banks and braes, planted
a bush of roses, read the Book of Job,
cursed myself digging a pit for my baby
sprinkling ash from the grate.
Late that same night
she came in by the window,
my baby Lazarus
and suckled at my breast.

Chapter 10: The Meeting Dream

If I picture it like this it hurts less
We are both shy
though our eyes are not,
they pierce below skin.
We are not as we imagined:
I am smaller, fatter, darker
I am taller, thinner
and I'd always imagined her hair dark brown
not grey. I can see my chin in hers
that is all, though no doubt
my mum will say, when she looks at the photo,
she's your double she really is.

There is no sentiment in this living-room,
a plain wood table and a few books.
We don't cuddle or even shake hands
though we smile sudden as a fire blazing
then die down.
Her hands play with her wedding-ring,
I've started smoking again.
We don't ask big questions even later by the shore.
We walk slow, tentative as crabs
No, so what have you been doing the past 26 years.
Just **what are you working at**, stuff like that.

Ages later I pick up a speckled stone
and hurl it into the sea,
is this how you imagined it to be?
I never imagined it.
Oh. I hear the muffled splash.
It would have driven me mad imagining,
26 years is a long time.

Inside once more I sip hot tea
notice one wood-framed photo.
The air is as old as the sea.
I stare at her chin till she makes me look down.
Her hands are awkward as rocks.
My eyes are stones washed over and over.

If I picture it like this it hurts less

One dream cuts another open like a gutted fish
nothing is what it was;
she is too many imaginings to be flesh and blood.
There is nothing left to say.
Neither of us mentions meeting again.

When I'm by myself watching the box
it's surprising how often it crops
up; that he or she didn't know anything about it
and now who is he or she really
do they love who they thought they loved
et cetera. You've got the picture.
Mine knew. As soon as possible
I always told her, if you ever want to,
I won't mind. I wasn't trying to be big
about it – if that was me, that's how I'd be.
Curiosity. It's natural. Origins.
That kind of thing. See me and her
there is no mother and daughter more similar.
We're on the wavelength so we are.
Right away I know if she's upset.
And vice versa. Closer than blood.
Thicker than water. Me and my daughter.

I wrapped up well and went out before
The birds began their ritual blether

I wrapped her up in purple wrapping paper
And threw her down the old well near here.
There was no sound, it's no longer
In use – years – she's been in my drawer
Faded now, she's not a baby any more.

Still pitch dark. It didn't matter.
I know every bend. I've no more terror.
Going home, the light spilled like water.

Her sister said she'd write me a letter.
In the morning I'm awake with the birds
waiting for the crash of the letter box
then the soft thud of words on the matt.
I lie there, duvet round my shoulders
fantasising the colour of her paper
whether she'll underline First Class
or have a large circle over her *'i'*s.

(Kay, Jackie. *The Adoption Papers*. Newcastle upon Tyne: Bloodaxe, 1991.)

もっと現代詩を読んでみたい人のために

Armitage, Simon, and Robert Crawford, eds. *The Penguin Book of Poetry from Britain and Ireland since 1945*. London: Penguin, 1998.
イギリス，アイルランドの詩は英語だけで書かれているのではないとして，ゲール語やスコッツ語の詩も英訳付きで掲載する詞華集.

Besner, Neil, Deborah Schmitzer, and Alden Turner, eds. *Uncommon Wealth: An Anthology of Poetry in English*. Toronto: OUP, 1997.
広く英語圏の詩を網羅的に掲載する詞華集．タイトルの *Uncommon Wealth* は，Commonwealth（英連邦）のもじり.

Bornholdt, Jenny, Gregory O'Brien, and Mark Williams, eds. *An Anthology of New Zealand Poetry in English*. Auckland: OUP, 1997.
ニュージーランドで書かれた英語詩の詞華集.

De Angelis, Irene, and Joseph Woods, eds. *Our Shared Japan*. Dublin: Dedalus, 2007.
アイルランド現代詩人の日本に関わる作品を集めた詞華集．150 を超える詩が収められ，その関心の高さに驚かされる.

Geddes, Gary, ed. *20th-Century Poetry and Poetics*. 4th ed. Toronto: OUP, 1996.
20 世紀の詩と詩論を合わせて幅広く集積している.

Paulin, Tom, ed. *The Faber Book of Vernacular Verse*. London: Faber, 1990.
一般の詞華集で採り上げられることの少ない，「口語」や「方言」で書かれた詩群.

Ramazani, Jahan, Richard Ellmann, and Robert O'Clair, eds. *The Norton Anthology of Modern and Contemporary Poetry*. 2 vols. 3rd ed. New York: W. W. Norton, 2003.
アメリカ詩，イギリス詩の双方を視野に入れ，時代で二巻に区分した大部の詞華集.

Roberts, Neil, ed. *A Companion to Twentieth-Century Poetry*. Oxford: Blackwell, 2001.
20 世紀の詩をテーマや時代思潮，地域そして個別の詩人などに沿って解説している.

Shapcott, Jo, and Matthew Sweeney, eds. *Emrgency Kit: Poems for Strange Times*. London: Faber, 1996.

『応急用具一式』という洒落たタイトルの，現代詩人である編者たちのお気に入りの詩群.

Tuma, Keith, ed. *Anthology of Twentieth-Century British and Irish Poetry*. Oxford: OUP, 2001.

あまり詞華集に含まれることのない詩人にも目を配った詞華集.

図版一覧

［第 1 講］

ランダル・ジャレル　Wikipedia <https://en.wikipedia.org/wiki/Randall_Jarrell> より

エドウィン・モーガン　EdwinMorgan.com, ©2001-2009 C.e.Kraszkiewicz <http://www.edwinmorgan.com/gal_index.html> より

ヌーラ・ニー・ゴーノル　RTÉ One <http://www.rte.ie/tv/artslives_old/prog8.html> より

ポール・マルドゥーン　LEWIS CENTER PRINCETON arts, Photo by Beowulf Sheehan <http://arts.princeton.edu/people/profiles/muldoon/> より

［第 2 講］

図 2-1　大型コンピュータのパンチカード　Wikimedia Commons <https://commons.wikimedia.org/wiki/File:Blue-punch-card-front-horiz.png> より

［第 3 講］

スティーヴィ・スミス　*The New York Review of Books* <http://www.nybooks.com/articles/2016/06/09/stevie-smith-poet-unlike-any-other/> より

図 3-1　'Not Waving but Drowning' の挿絵　Smith, Stevie. *Collected Poems*. James MacGibbon, ed. London: Penguin, 1985. p.303.

図 3-2　'Flow, Flow, Flow' の挿絵　*Ibid.*, p.149.

図 3-3　'Love me!' の挿絵　*Ibid.*, p.191.

［第 4 講］

図 4-1　オウギビタキ　Nga Manu Images, ©2007-2017Nga Manu Nature Reserve <http://www.ngamanuimages.org.nz/image.php?image_id=500>

図 4-2　マラエ　100% PURE NEW ZEALAND, By Destination Rotorua <http://www.newzealand.com/us/feature/marae-maori-meeting-grounds/> より

図 4-3　プケコ　New Zealand Birds Online, by Marie-Louise Myburgh <http://nzbirdsonline.org.nz/species/pukeko#bird-photos> より

ジェイムズ・K・バクスター　NEW ZEALAND HISTORY <https://nzhistory.govt.nz/people/james-k-baxter> より

［第 5 講］

サイモン・アーミテージ　Wikipedia <https://en.wikipedia.org/wiki/Simon_Armitage>

より

[第 6 講]

図 6-1　*Making History* の CD ジャケット

リントン・クウェシ・ジョンソン　The University of Leicester <http://www2.le.ac.uk/departments/english/creativewriting/centre/images/linton-kwesi-johnson> より

[第 7 講]

ジョン・バーンサイド　Goodreads <http://www.goodreads.com/photo/author/314772.John_Burnside> より

[第 8 講]

図 8-1　オカリナ　Wikipedia <https://fr.wikipedia.org/wiki/Ocarina#/media/File:Cataldi_AC12fori_Slim_fronte.JPG> より

キャロル・アン・ダフィ　Wikipedia <https://en.wikipedia.org/wiki/Carol_Ann_Duffy> より

[第 10 講]

図 10-1　ミューラル　著者撮影

シェイマス・ヒーニー　Wikipedia <https://en.wikipedia.org/wiki/Seamus_Heaney> より

[第 11 講]

ジャッキー・ケイ　Wikipedia <https://en.wikipedia.org/wiki/Jackie_Kay> より

[第 12 講]

図 12-1　ワカ　The Prow.org.nz, photo by Roy Gregory, courtesy Huia Elkington <http://www.theprow.org.nz/maori/te-awatea-hou/#.WQRKnle9jBI> より

図 12-2　マラエ装飾　100% PURE NEW ZEALAND, By Kathrin Marks <http://www.newzealand.com/us/feature/marae-maori-meeting-grounds/> より

図 12-3　ソランダー　*Bookbinding and the Conservation of books: A Dictionary of Descriptive Terminology* by Matt T. Roberts and Don Etherington; Drawings by Margaret R. Brown <http://cool.conservation-us.org/don/fg/fg46b.gif> より

ロバート・サリヴァン　Wikipedia <https://en.wikipedia.org/wiki/Robert_Sullivan_(poet)> より

著者紹介
1956 年　東京生まれ
1988 年　東京大学大学院人文科学研究科博士課程単位取得満期退学
現在，東京大学大学院総合文化研究科教授（地域文化研究専攻）
専門は，英語圏文学・文化研究

主要著書
Writing at the Edge of the Universe（共著，Canterbury University Press, 2004 年），『周縁地域の自己認識』（共著，弘前大学出版会，2007年），『アイルランド・ケルト文化を学ぶ人のために』（共著，世界思想社，2009年），『文学都市ダブリン』（共著，春秋社，2017 年）など

英語圏の現代詩を読む
語学力と思考力を鍛える 12 講

2017 年 9 月 20 日　初　版

［検印廃止］

著　者　中尾（なかお）まさみ

発行所　一般財団法人　東京大学出版会
代表者　吉見俊哉
153-0041 東京都目黒区駒場4-5-29
http://www.utp.or.jp/
電話 03-6407-1069　Fax 03-6407-1991
振替 00160-6-59964

組　版　有限会社プログレス
印刷所　株式会社ヒライ
製本所　誠製本株式会社

ISBN 978-4-13-083075-1　Printed in Japan